夜が明けたら、いちばんに君に会いにいく

～ Another Stories ～

汐見夏衛

STARTS
スターツ出版株式会社

生きていれば、
生きているからこそ、
楽しいことも嬉《うれ》しいことも、悲しいことも苦しいこともある。
真っ黒な不安に全身を包まれて、身動きがとれない夜もある。
でも、たとえどんなに深い闇にとらわれても、
君の隣にいられるのなら、
君が隣にいてくれるのなら、
いつだって信じていられるんだ。
いつかきっと、きらきら輝く夜明けが来ると。

目次

夜が明けたら、いちばんに君に会いにいく

～Another Stories～

0　花吹雪　―深川青磁　十六歳―

＊

目の前をふわりと舞う、白いかけら。

それに気づいた俺は、廊下の真ん中で足を止めた。

かけらのやってきたほうに、すっと目を向ける。

瞬間、視界いっぱいに溢《あふ》れる、薄紅色の光。

校舎に囲まれた中庭の中央にたたずむ、大きな桜の木がまとう色だ。

その無数の花びらのうちのいくつかが、開け放たれた窓をすり抜けて、はらはらと廊下に舞い込んでくるのだ。

満開のときを少し過ぎた桜は、白い花びらの集まる中心を桃色に染めている。

風に吹かれるたびに、いくつもの花びらが、なんの未練もないように、いっさいの抵抗なく、ふっと枝から離れる。

宙に舞い上がった花びらは、春らしい淡い水色の空に、風の模様を描き出す。

俺は思わず頭の中にまっさらなキャンバスを浮かべ、そこに目の前の美しい世界を写しとるように、色をのせていく。

晴れ渡る空を背負って咲き乱れる、散り際の桜。

空の青と、花のピンクの、色鮮やかな対比。

定番の構図だけれど、やっぱり、いいものはいい。

そんなことを考えながら、ぼんやりと中庭を眺めていた俺の頭に、ふと、ひとつの光景が甦《よみがえ》った。

毎年、春になって桜の花を見ると、必ず思い出す。

だだっ広い河川敷、そこに置かれた古いサッカーゴール。

咲き誇る桜の木と、風に舞い踊る薄桃色の花びら。

そして、花吹雪の中、空を背負い、涙をぼろぼろ流しながら、弾けるような笑顔を浮かべる女の子——。

それは、俺を変え、俺を救った光景だった。

窓の向こうの桜を見つめていた目の視点が、ふいにじわりと滲《にじ》んで、今度はガラスが映す自分自身の姿にピントが合った。

春の明るい陽射しを受けて、白銀色に光る、色を失った髪。

思わず目を背ける。

この髪は、俺の弱さの象徴だった。

どうしようもない恐怖に怯《おび》え、脳裏にこびりついて離れない不安のせいで、まともに眠ることすらできなかった、あのころの痕跡だ。

真っ暗闇の夜のような日々。

その中で、一筋の光にすがるように、祈るように、いつも思い浮かべていたのが、あの少女の姿だった。

花吹雪に包まれて泣き笑いを浮かべたあの少女の、朝露の滴のような美しい涙と、大輪の花のような明るい笑顔。

夜が明けるのをひたすら待ちながら、朝が来るのをひたすら願いながら、彼女を思い出すことで、俺はなんとか自分を支えていた。

手垢《てあか》がつきそうなほど、繰り返し、繰り返し、思い描いてきたその美しい光景を、飽きもせずにまた反芻《はんすう》していたとき、背後から足音が聞こえてきた。

振り返らなくても、誰なのかは分かっていた。

今年、初めて同じクラスになった女子だ。

でも、去年入学したころからその存在には気づいていた。

いつもその動向を気にしていたせいか、足音を聞くだけで彼女だと分かるようになってしまった。

反射的に振り向きそうになって、必死に思いとどまる。

振り向いたって、どうせそこに俺の望むものはないと、彼女を観察し続けたこの一年で、身にしみるほど思い知らされていた。

彼女はみんなから〝しっかり者で優しくて頼れる存在〟と認識されているようで、色々な頼まれ事や面倒事を、嫌な顔ひとつせずに引き受けていた。

いつもにこにこと笑みを浮かべ、誰にでも優しく親切に平等に接する、絵に描いたような〝優等生〟。

でも俺は、そんな彼女を見るたびに、苦い感情に苛《さいな》まれていた。

今度こそ、今度こそは、違うかもしれない。

今日こそは、違う顔をしているかもしれない。

今日こそは、あの笑顔が見られるかもしれない。

そんな根拠もない期待をして、彼女に視線を向け、結局裏切られたことは、もう数えきれないほどあった。

だから、もう見ない。

そう自分に言い聞かせていたとき、ふいに背後の足音が止まった。それから、

「あ……」

とかすかな声が聞こえる。

その声に身体が勝手に動き、とうとう振り返ってしまった。

俺の存在に向けられた反応だと分かったからだ。

去年まで彼女は俺のことを少しも意識していないようだった。

だから、いつも視線は一方通行だった。

俺が一方的に彼女を見て、勝手に感情を揺り動かされていただけ。

でも、同じクラスになったことで、どうやらやっと、彼女は俺の存在を認識したらしい。

俺がぶつける視線に、彼女は一瞬、大きく目を見開いて頬を強張らせたが、すぐに表情を崩してへらりと笑みを浮かべた。

その瞬間、言いようもない気持ちが爆発した。

たぶん去年までは、彼女にとって俺は、〝どうでもいい存在〟だった。

だから彼女が俺に注意を向けることはなかった。

でも、今年は違う。

俺は彼女にとって、〝愛想よく対応すべき存在〟になった。なってしまったのだ。

クラスメイトだから。

そのことが、どうしようもなく、腹立たしかった。

それと同時に、河川敷に舞う花びらの中で咲いていた、あの誰にも負けないくらいにきらきらと輝く笑顔が、フラッシュバックする。

目の前には、下手くそな作り笑い。

俺の機嫌をとるためだけに貼りつけられた、彼女自身の心とはまったくつながらない表情。

デッサンの狂った絵みたいな笑顔。

いらいらする。胃がむかむかして、吐きそうだ。

俺がずっと大切に守ってきた思い出が、べたべたに泥を塗られて、汚されたような気がした。

暗い炎が、胸の奥底で燃え上がる。

なあ、どうしてそんなふうになっちゃったんだよ。

なにがお前をそうさせた？

俺はお前のそんな顔は見たくない。

心をぐちゃぐちゃにかき乱す激しい感情を、吐き出すように、俺はゆっくりと口を開いた。

「俺はお前が――」

この一言で、お前を変えたい。

もう二度とそんな顔をしなくてもすむように。

俺が変えてやる。
お前が俺にしてくれたのと同じように。
——そんな願いと誓いをこめて、俺は彼女に〝その言葉〟を告げた。

1　校舎裏　―橘沙耶香　十七歳―

ああ……やっちゃった、やっちゃった。
五分前に戻って、なにもかもやり直したい。
どうしてこんなことになっちゃったんだろう。
私は涙をこらえながら、小走りで教室へと向かう。

＊

私にとって茜《あかね》は、特別な友達だ。
クラスでいちばん仲良しの女の子。でも、それだけじゃない。
とにかく〝憧れの存在〟だった。

私たちが話すようになったきっかけは、二年生になったばかりのとき、出席番号が〝橘《たちばな》〟と〝丹羽《にわ》〟で並んでいたことから、前後の席になったこと。

でも私はその前から――去年から、茜のことを知っていた。

いつも優しい笑顔で、周りから頼りにされているのを見て、すごいなと思っていた。

今年はせっかく同じクラスになれたのだから、仲良くなれたらいいなと淡い期待を抱いていた。

でも、おしゃべり好きなくせに初対面の相手には人見知りを発動してしまう私は、後ろの席の茜のことがすごく気になっているのに、自分から話しかけることはできずにいた。

するとすぐに茜のほうから、

「吹奏楽部の子だよね？」

と声をかけてくれたのだ。

私はなんだかどきどきしながら、

「うん、そう！　私のこと知ってるの？」

と返した。すると茜は、人懐っこい笑顔で、

「もちろん知ってるよ、文化祭とか体育祭で、演奏するの見てたから」

にこにことそう答えた。

「たしかホルンだよね。華奢《きゃしゃ》なのに大きな楽器吹きこなしてて、かっこいいなあって思って見てたんだ」

まさか、あの茜ちゃんに存在を認識してもらえていたなんて、しかも担当楽器まで知ってもらえていたなんて、と私は興奮した。

そして、頭も性格もよくて、他クラスにまで知られている茜のような有名な人が、見た目でも成績でも部活でもとりたてて目立つところのない、私みたいな平々凡々な生徒にも意識を向けてくれているのかと思うと、心から感激した。

それでもう私は、彼女のことが大好きになった。

こんな素敵な子と友達になれて、しかも一緒にいる時間がいちばん長い相手になれて、嬉しかった。誇らしかった。

茜は特別な人、よく言う〝選ばれた存在〟だと思う。

頭も運動神経もよくて、なんでも軽々とこなしてしまう。でもそれを鼻にかけたりすることはなく、性格までいい。

いつも笑顔で明るくて優しくて親切で、生徒だけでなく先生からも頼りにされていて、いつもみんなのために動き回っている、しっかり者の優等生。

まるで漫画の主人公みたいな子だ。

彼女を見ていると、『物語の主役になるのって、こういう子だよなあ』としみじみ思う。

昔からなにをやっても平凡な私とは、まるで正反対だった。

私は、もしも物語に登場することがあったとしても確実に脇役で、名もなきモブの〝生徒C〟とか〝通行人E〟とかだろうし、よくても主人公の友達ポジションあたりだろう。しかもキーパーソンでもなんでもなく、物語にとって大事な行動を起こすことも、主人公の心情を変えるような重要なセリフを言うこともない、ぎりぎり名前があるだけというレベルのキャラクター。

卑屈になっているとかではなく、客観的に見てそう思うのだ。だって、私なんかが主人公の物語があっても、見てみたいと思えない。

そんな私なので、当然ながら日々うまくいかないことばかりで、勉強が分からなくて困ったり、課題を忘れて慌てたり、部活の人間関係で悩んだりしては、いつも茜に助けてもらったり、相談にのってもらったりしていた。彼女がいなければ、私の高校生活はこんなに楽しくなかったに違いない。

茜は本当にすごい。私には絶対にできないようなことを軽々とやってのける。誰に頼られても余裕のある笑顔で対応して、みんなから信頼されている。

彼女をよく知る人は、みんな彼女のことが大好きだと思う。だって、嫌いになるような部分が見当たらない。

そんな茜を、私は心から尊敬しているし、いつか恩返しがしたいと思っていた。

もちろん、彼女が困ったり悩んだりするところなんて想像がつかないし、もしもそういうことがあっても、私なんかに頼ることはなく、自力で解決できてしまうだろうけど。

それでも、もしも茜がなにか困ることがあったら、なにか悩むことがあったら、力になりたい。今までたくさん助けてもらった恩返しがしたい。

ずっとそう心に決めていた。

そんな気持ちが、まさか、彼女を傷つけることになってしまう結果につながるなんて、思いもせずに。

＊

茜はいつでも誰に対しても優しい笑顔で、穏やかな態度で接するけれど、唯一ある人物と話しているときだけ、少し雰囲気が違った。

その相手は、同じクラスの男子、深川青磁《ふかがわせいじ》だ。

青磁という人は、私とはまた別の意味で、茜と正反対なタイプだ。そこにいるだけで目立ち、いつも人の輪の中心にいるという点では同じなのだけれど、目立つ理由が彼女とは違うのだ。

彼にはどうやら〝周りに合わせる〟という発想がないらしく、いつだって自分の気持ちに正直にふるまっているようだった。相手の顔色を窺《うかが》ったりもせず、そのとき言いたいこと、言うべきだと思ったことをそのまま言う感じだ。

私には絶対に真似できない。そんなことをして嫌われたらいやだから。みんな少なからずそういうところはあると思う。

だから、好き放題な言動ができる青磁は、強くてすごいなと思うし、尊敬する。

もちろん、彼の自由すぎるふるまい――ちょっとそれはどうなのと言いたくなるレベルの言動で、クラスの空気が多少悪くなることもある。

けれど、なんとなく、『でも、まあ、青磁だから仕方ないか』という雰囲気になり、最後にはみんな笑ってしまうのだ。

びっくりするほど自由で、正直すぎるくらいに正直で、でもだからこそ裏表がなくてさっぱりしている。だから、みんな青磁のことは嫌いになれないし、むしろ彼と話したくて人が集まる。

そんな不思議な魅力がある人だった。

そして、茜と青磁は、なんというか、微妙な関係性だった。

というのも、青磁がなぜか茜にはきつく当たっていたからだ。

『茜の横なんか嫌だ』

『視界に入ってくると不愉快だ』

そんなきつい言葉を、彼女に何度もぶつけていた。

茜みたいな素敵な女の子のどこが不愉快なのか、私にはさっぱり分からなかった。だから、青磁はもしかして茜のことが好きで、小学生男子のように、『好きな子に意地悪したくなる』というやつなのかもしれない、と想像したりしていた。

でも、彼女と話しているときの青磁は本当に嫌そうな顔をしていたし、そういう意地悪や嘘を言うタイプとも思えなかったので、やっぱり本当に嫌なのかも、とも思った。それにしたってとにかく、彼が茜を嫌う理由はよく分からなかった。

茜自身も青磁に対しては、困っているというか、どう接すればいいのか戸惑っているようで、自分からはあまり積極的に話しかけないようにしている様子だった。当たり前だ。自分のことが嫌だとか不愉快だとか公言する相手に、どう対応するのが正解なのか、見当もつかない。

彼女は内面が大人で人間ができているから、彼になにを言われても、どんな態度をとられても、いつも冗談にしたり、笑顔でさらりと受け流したりしていた。

それでもやっぱり、普通に考えて、あんなふうに敵意のようなものを隠さずまっすぐに向けられれば、たとえ大人な茜でもいい気持ちはしないだろうし、複雑な心境になるだろうというのは、簡単に想像できた。

だから私はいつも、茜と青磁が対峙《たいじ》しているときに滲み出るひりひりした空気に、ひやひや、そわそわしていた。なんとか茜が少しでも過ごしやすくなるように、なんとかふたりの仲をとりもちたいと思っていた。


ところが、私が出るまでもなく、いつからか、ふたりの距離感は変わっていた。

私がそれに気づいたのは、夏休み明けに行われた文化祭のころだった。

私はその時期、文化祭での演奏会をひかえて、吹奏楽部の練習が忙しく、クラスの出し物の準備にはあまり参加できていなかった。

なので直接見たわけではないから、詳しいことは分からないけれど、あとになってクラスメイトの女子から、そのときの話を聞かせてもらった。

夏休み中、クラスの人が集まらなくて、なかなか演劇の練習や準備が進まず、委員長の茜は人集めやみんなへの指示などで大変だったらしい。

するとある日突然、それまで参加していなかった青磁が教室に姿を現して、みんなに活を入れてくれ、最終的にはうまくいったのだという。

私の勝手な想像でしかないけれど、そのときに、茜と青磁の間になにかふたりしか知らない出来事があって、それがきっかけで距離が近づいたんじゃないかな、という気がする。

本音を言えば、その話を聞いて、私は少し残念に思った。

茜がそんなに大変な思いをしていたのなら、私に相談してくれてもよかったのに。頼ってくれたら嬉しかったな。やっぱり私じゃ頼りなかったのかな。そんなふうに、少し思ってしまった。

でも、彼女はきっと、文化部にとっては文化祭は大事な行事だと分かってくれていて、だから練習で忙しい私に遠慮して、なにも言わなかったのだろうと思う。

茜はいつだって、自分のことよりも相手の感情や事情を気遣うような、優しい人だから。

それはさておき、茜と青磁の関係性は、そこからがらっと変わったのだった。

なんだかいつもぎすぎす、ひりひりしていたころが嘘みたいに、むしろ、他人がたやすく間に入ったりできないくらいに、ぐっと距離が縮まった。

ふたりで一緒に登校してくるところを何度も見たし、放課後になると毎日のように、青磁の所属している美術部へ、茜も一緒に行っているらしかった。

ここまで仲がいいのに、ただの友達ということはないんじゃないか。そう思って、

「付き合ってるの？」と訊《たず》ねても、青磁はスルーするし、茜は笑って「違うよ」と答えるけれど、ふたりともまんざらでもなさそうなのだ。

そういうわけで、実はすでに付き合っているのだけれど照れくさいから周りには秘密にしているか、あるいは付き合う一歩手前という感じなんじゃないか、と私は推測している。

少なくとも、お互いに特別な存在だと思っているらしいのは、はたから見ていても分かる。

茜はよく青磁を見つめているし、青磁もよく茜の横顔を見ている。

彼らがふたりで話しているときは、まさに〝ふたりの世界〟という感じがして、横から声をかけるのをためらってしまうほどだ。

きっとそのうち付き合うことになるんじゃないか。そんな予感がして、なんだか勝手に嬉しくなって。

両片想いというやつなのだと思った。

だから、私が力になりたかった。

私はただただ、茜を応援したかった。

箱推しという言葉があるけれど、まさにそれだ。

私は茜と青磁という組み合わせが好きで、とてもお似合いだと思っていた。

もう付き合っちゃいなよ、早く付き合っちゃいなよ、と心の中で何度も黄色い声で叫んでいた。

でも、今なら分かる。

その気持ちは、純粋に応援したいというのとは違っていた。

茜のためでも、青磁のためでもない。自分のためだった。

私は、自分が特別な存在になった気がしたのだ。

茜ほどではないにせよ、特別な役割を与えられたキャラクターになったような、なれたような、そんな気がした。

主人公の恋を応援して、サポートし、ときにはちょっと強引なことをして主人公と相手役をくっつける恋のキューピッドになる。名もなきモブではない、ちゃんと名前のある重要なキャラクター、なんだったらキーパーソンとも言えるような登場人物に、なれた気がした。

だから、前のめりになって、出しゃばってしまったのだ。

——主人公の気持ちも考えずに。

＊

茜はなんというか、心をあけっぴろげにはしないようなところがあった。

誰に対しても親切で優しいけれど、彼女の周りにはいつも、柔らかくて厚い壁のようなものがある気がしていた。

他人を拒絶しているというわけではもちろんなく、ただ踏み込まれすぎないようにしているというか、奥深くの本心は明かさないというか、そういう感じだ。

みんな多かれ少なかれそういう部分はあるはずだし、私だってもちろん、なんでもかんでも誰にでも見せているわけではないから、茜があまり本心を明かさないことを残念に思っていたわけではない。

でも彼女は、青磁と仲良くなったころから、少しずつ壁が薄くなったような感じがして、ちょっと踏み込んだ話題も話しやすくなった。

それもあって私は今日、茜の心の奥に、踏み込んでみたのだった。

そもそものきっかけは今朝、登校してきてすぐ、ふたりの姿を偶然見かけたことだった。

朝の廊下で、私は青磁の少しうしろを歩いていた。彼はまっすぐに教室に入り、すぐに茜の席のほうを見た。

窓の外を見ている彼女の横顔を、少し離れたところから数秒間見つめたあと、ゆっくりと歩き出した。

彼女の席へと近づきながら手を伸ばし、こっち向けよと注意を引くように、彼女の頭にこぶしで軽く触れた。

それから、茜の前の席に腰かけて、親しげに二言三言交わし、少し微笑《ほほえ》んで立ち上がった。

そんな青磁の様子が、いかにも茜のことを特別に思っているという感じがして、私はなんだか嬉しくなって、彼が立ち去ったあと思わず彼女に抱きついてしまった。

「ラブラブじゃーん!」

喜びの笑いをこらえきれずにそう言うと、茜は「いや、そういうんじゃ……」と否定した。

「まだ付き合ってないとか言うわけ?」

あれだけ仲良しなのに、といつものように冗談めかして言った私の言葉に、茜は目をそらし、呟《つぶや》くように答えた。

「付き合ってないよ……」

それは、明らかに今までとは違う反応だった。

茜はマスクをしているので、よくは見えないけれど、ほんのり顔が赤くなっている気がした。

そんな様子を見て、私は思わずにやりと笑ってしまった。

「よし、私が茜の相談に乗ってあげよう」

今こそ彼女への恩返しのチャンスだ、と思ったのだ。

誰にも話を聞かれない場所でゆっくり話したほうがいいと考えて、

「どこかで一緒にお昼ご飯を食べよう」

そう口にしたあとすぐに、『ああ、でも、きっと断られるな』と気づいた。茜はいつもひとりでお弁当を食べているからだ。

昼休憩になったらすぐに図書室に行ってしまうこともあるし、先生に呼ばれて用事を頼まれたりして、その先で食べてくることもある。たまに教室にいても、勉強をしながらさっと食事をすませている。

茜は色んなことで忙しいから、おしゃべりしながらゆっくり食べるのは時間がもったいないと考えているのだろう、もしくは人と一緒に食事をするのがあまり好きではないのかもしれない、と私なりに予想していた。

だから今日もきっと断られるだろうなと思ったのに、茜は頷《うなず》いてくれた。

それで嬉しくなった私は、柄にもなく張り切った。なんとか茜と青磁の恋のキューピッドになりたいと意気込んだ。

昼休みになり、誰もいない空き教室を見つけて、私と茜は中に入った。

向かい合わせに座って、私はお弁当を食べはじめたけれど、茜はそわそわした様子でお箸を握りしめるばかりで、きっと青磁の話をしないことには落ち着かなくて食べる気にならないのだろうと思った。

だから、さっそく本題に入ろうと、彼との関係について話すことにした。

「好きなの？　嫌いなの？　どっち？」

思い切って単刀直入に訊ねると、

「どっち、って……そりゃ、嫌い、ではないよ」

「じゃあ、青磁のこと好きなんだ」

そう突つくと、いつもは大人っぽい茜が、恥ずかしそうに口ごもりながら、

「……まあ、……そういうことかな」

と、しどろもどろに答えた。

そんな彼女の姿が珍しくて、可愛《かわい》くて、いつもは見せない姿を見せてくれるというのも嬉しくて、どんどん楽しくなってきた。

私はさらに張り切り、青磁と茜の関係について、自分なりの見解を話していった。

茜と青磁はお似合いだと思う。きっと青磁も茜のことを好きで、特別な存在だと思っているはず。

そんなふうに恋バナで盛り上がって、楽しい気分のまま、私は調子に乗って、彼女の触れてはいけない部分に触れてしまった。

茜が耳まで赤くなっているのに、「照れてないよ」と言うのがおかしくて、恋する乙女は可愛いななんて思って、ちょっとだけからかいたくなって。

「顔、真っ赤になってるんじゃないの？」

そう言いつつ、なんにも考えずに手を伸ばして、彼女のマスクをずらした。

その途端に、一瞬にして茜の顔色が変わって、手を振り払われた。

さっきまで赤かった顔が、青ざめていた。

明らかに、マスクをずらしたことが原因だと分かった。

馬鹿な私は、勝手なことをして彼女の気持ちを害してしまった自分の罪に気づく前に、彼女がマスクを外せない、依存している状態になっているのかもしれないという自分の思いつきに、衝撃を受けてしまった。

「もしかして、マスク……」

私が思わず口に出した問いに、茜は明らかに動揺していた。それを見て、疑惑が確信へと近づいた。

マスクを外せないのか、なにか悩んでいるのか、それなら保健室の先生とかに相談したほうがいいんじゃないか。

私は茜のことが心配だった。もしもなにか悩んでいたり、苦しい思いをしているのなら、なんとかしてあげたかった。ずっとそう思っていた。

そんな思いで口にした言葉は、

「ほっといて！」

茜の悲痛な叫びに遮られた。

私を見つめる彼女の痛々しい瞳に、射ぬかれたような気がした。

その眼差《まなざ》しがあまりにも痛々しくて、私は無意識のうちに手を伸ばしていた。

「触らないで!!」

伸ばした手は、勢いよく振り払われた。

そして茜はものすごい早さで荷物をまとめ、そのまま空き教室から飛び出してしまった。

遠ざかっていく足音を聞きながら、私は呆然《ぼうぜん》と床にへたり込んだ。

ショックで頭が真っ白だった。

しばらくしてやっと我に返った私は、慌てて部屋を出て茜を追いかけようとした。

でも、廊下にはもう、彼女の姿はなかった。

＊

とにかくクラスに戻ろう。たぶん茜は先に戻っているはずだ。

教室に向かって走っている間、頭の中は後悔でいっぱいだった。

ああ……やっちゃった、やっちゃった。

五分前に戻って、なにもかもやり直したい。

どうしてこんなことになっちゃったんだろう。

油断したら溢れてしまいそうな涙を必死にこらえながら、全速力で廊下を駆け抜ける。

途中で脇腹が痛くなってきたけれど、かまわず走った。

「茜！　さっきはごめん……」

息を切らしながらドアをくぐり、茜の姿を探す。

でも、教室の中にも、彼女の姿はなかった。

唖然《あぜん》として立ち尽くす私に気づいて、青磁が少し首を傾《かし》げながら「どうした？」と近寄ってくる。

「茜とどっか行ってただろ。そんな慌ててどうした」

私は唇を噛《か》み、「……ごめん」と絞り出した。

突然謝られたことに驚いたのか、青磁が目を丸くする。

「……なんかあったのか？」

青磁が茜のことを心配しているのが、その声色から痛いくらいに伝わってきた。

申し訳なさのあまり、私は泣きそうになる。

「ごめん……！　私、茜のこと傷つけちゃった……！」

涙が込み上げてくるのを必死にこらえながら告げると、青磁は軽く眉を上げた。

「落ち着け、大丈夫だから。なにがあったんだよ」

とにかく伝えるべきことを伝えなくては、と自分を励まし、必死に経緯を説明する。

「あのね、茜とふたりで空き教室に行って、あの、色々、おしゃべりしててね、それで……」

焦っているせいで、うまく言葉がまとまらない。

「なんていうか……色々あって、私が調子に乗っちゃって、勝手に茜のマスク外しちゃったの。そしたら、茜の反応が、なんかおかしくて……心配になって、もしかしてマスク外せないの？って、私、思わず訊《き》いちゃって……、そしたら茜、どこかに行っちゃって……」

私の言葉に、青磁がはあっと息を吐き出した。その真っ白な髪をかき上げ、

「……あの馬鹿……」

と吐き捨てるように小さく呟く。

私は慌てて首をぶんぶんと振った。

「違うの、私が悪いの。なんか楽しくなってテンション上がっちゃって、茜の気持ちも考えずに、勝手なことしちゃったから……」

「悪いのはどっちもだろ」

青磁が平然と言う。

はたから聞けば、冷たい言葉かもしれない。

けれど、今の私にとっては、ここで『君は悪くないよ』なんて変に慰められるよりも、ずっと気が楽だった。

私が悪いということは、自分がいちばん、嫌というほど自覚しているから。

「……どうしよう。茜、どこ行っちゃったんだろう……」

茜がこういうときどこへ行くのか、私には見当もつかない。

それくらい、私は、彼女のことをよく知らないのだ。

薄っぺらい、浅い関係。

それなのに彼女の心の奥にずかずか踏み込むようなことをしてしまったから、彼女を傷つけることになってしまった。

やってしまったことは、吐いてしまった言葉は、なかったことにはできない。だから、行動は慎重にしないといけないし、言葉を口に出す前にしっかり考えなくてはいけないのだ。

「大丈夫だよ」

俯《うつむ》く私に、青磁が言った。

安心させるような優しい口調というよりは、呆《あき》れたようなぞんざいな言い方だった。でもそれは、私に罪悪感を抱かせないように、たいしたことじゃないのだと伝えるための、優しさから出てきた言い方だと分かった。

「気にすんな。俺が見つけとくから」

なんでもないことのように、彼が言ってくれる。

私は俯きがちのまま、小さくこくこくと頷いた。

「……うん、そうだね、そのほうがいいよね」

きっと今、私が茜を探して、見つけて、声をかけたとしても、うまくはいかないだろう。彼女の傷口をさらにえぐってしまうだけになる気がした。

「青磁、茜を迎えにいってあげて……」

おう、任せとけ、と青磁が小さく笑い、そのまま教室を出て、廊下をすたすたと歩いていく。

その迷いのない足どりから、きっと彼女がどこにいるか、彼にはちゃんと分かっているのだろうと思った。

＊

茜のことはひとまず青磁に任せて、私は自分の席に戻った。

でも、なんだかじっとしていられなくて、すぐに腰を上げる。教室にいて誰かに話しかけられたりしても、うまく対応できる気がしなかった。

とにかく誰もいないところに行きたくて、教室を出てふらふらと彷徨《さまよ》い、辿り着いたのは校舎裏だった。

昼間でも日が当たらないこの場所は、雨の降ったあとでもないのに地面が湿っていて、気のせいか空気もじめじめしている。

ひどく居心地が悪いけれど、おかげで人がいないのは、今の私にとっては助かる。

私はふうっと息を吐いて、校舎の外壁によりかかった。

背中をつけたまま、ずるずるとしゃがみ込み、足下の犬走りの上に腰を下ろす。

日当たりが悪いので、足下のコンクリートの上には、うっすらと黄緑色の苔が生えていた。

誰も来ない校舎裏の薄暗く湿っぽい場所で、人知れず生きている苔を見つめながら、私は膝を抱えて頭をうずめた。

ひとりになると、頭の中でぐるぐると後悔が駆《か》け回る。

ああ、傷つけてしまった。どうしよう。

大好きな、大事な友達なのに、無神経なことをして、無神経なことを言って、傷つけてしまった。

また涙が込み上げてきて、どうしようもなく苦しくなる。

茜と、もう仲直りできないかもしれない。そう考えるだけで、呼吸が苦しくなった。

自分が悪いのだから、とにかく私から謝るしかない。それが唯一の対処法だということは、頭では分かっている。謝らなきゃいけないし、一刻も早く謝りたいとも思っている。

でも、もしも声をかけても、受け入れてもらえなかったらどうしよう。

無神経に傷つけておいて、今さらどの面下《つらさ》げて謝罪なんてしてくるのか。そんなふうに思われたらどうしよう。

怒りの眼差しを向けられたり、無視されてしまったりしたら、どうしよう。

謝ったところで許してもらえない可能性が頭から離れなくて、どうしようもなく怖かった。

私は今まで、友達とけんかというものをほとんどしたことがなかった。茜との今の状態を〝けんか〟と表現していいのかは分からないけれど。

幼稚園や小学校低学年などの小さいころには、もちろん何度かけんかになったことはあるけれど、あの年ごろの子どもは、ちょっと言い争いをしても、しばらくしたらなんとなくお互い忘れて、気づけば一緒に遊んでいたりして、仲直りに苦労した記憶がない。家族とのいさかいもだいたいそうだ。だから、ちゃんとした〝仲直り〟をしたことがなかった。

ドラマや漫画で、登場人物たちがけんかをしたり、すれ違ったりするのを見るたびに、いつも私は『さっさと謝っちゃえばいいのに』と思っていた。

でも今、初めて、謝るというのはそんなに簡単なことではないのだと思い知る。

謝ったら万事解決、笑って許してもらえて仲直り、というわけではないのだ。

謝っても許してもらえないかもしれないし、どんな表情や感情をぶつけられるかは分からない。

もしかしたら、という最悪の可能性が頭をよぎって、足がすくんで動けなくなってしまう。

理想と現実は違う。こうしたほうがいい、と分かっていても、すんなり行動に移せないことだってある。

どうしよう、どうすればいい。

分からない、動けない。

私は抱えた膝にぴったりと額を押しつけ、ひたすら硬直していた。

「——橘さん?」

ふいに誰かの声が頭上から降ってきて、私は驚きに全身を震わせる。

反射的に目を上げたものの、自分頬が涙でびしょ濡れになっているのに気づいてさらに驚き、私は慌てて両手で顔を覆った。

「橘さん……だよね」

私は頭を真上に向け、顔を覆った指の隙間から空を仰ぐ。

声の主は、校舎の二階の窓から、身を乗り出すようにしてこちらを見下ろしている、ひとりの男子生徒。

「……あ、清水《しみず》先輩……?」

私の所属している吹奏楽部の一学年上、三年生メンバーのひとり、清水真澄《ますみ》先輩だった。

夏の大会を最後にすでに引退しているけれど、これまでずっと部長として部員たちを引っ張ってくれた人だ。

「……ちょっと待って、すぐ行くから」

先輩が眉をひそめてそう言った。

「えっ」

私は思わず腰を上げる。

清水先輩はとても面倒見がよくて、部員の誰かがいつもと違う様子をしていたりすると、すぐに気づいて声をかけてくれる人だった。

だから、私がこんな情けない姿をさらしてしまったために、心配をかけてしまったのだと気づく。

私は慌てて首と右手をぶんぶん振り、

「いえ、あの、なんでもないんです、ほんとに！　お気遣いなく……！」

ごまかし笑いを浮かべてそう言った。

部活関係のことならまだしも、先輩にはまったく無関係なことで、心配や迷惑をかけるわけにはいかない。

でも、清水先輩はまだ眉をひそめたまま、顔色を窺うようにじっとこちらを見下ろしていた。

数秒後、彼は静かに首を横に振った。

「橘さん、そこから動かないでね。すぐ行くから」

先輩は私の返事を待たずに、窓辺から姿を消してしまった。

こうなると、黙ってここから離れてしまったら、清水先輩に待ちぼうけを食わせることになる。

私は観念して、再びずるずるとしゃがみ込んだ。

先輩が来るまでになにかいい言い訳を、と考えはじめてすぐに、ばたばたと足音が聞こえてきた。

まさかと思って目を向けると、清水先輩が校舎の角からこちらへ走ってくるのが見えた。

「えっ、早い……」

思わず呟くと、近くにやってきて足を止めた先輩が、ふはっと噴き出す。

「めっちゃ急いで来たから！」

そう笑顔で応えた彼は、肩で息をしていた。

「はあ、ひさびさに全力疾走した……。だめだね、こんなに息切れしちゃって。部活引退してから全然走ってなかったから……」

ははは、と先輩は照れくさそうに笑う。

うちの顧問の先生は、楽器の演奏にも体力は重要だ、というのが信条で、私たちは普段から『軽いランニングや筋トレでいいので、毎日登校前や帰宅後に少しでも運動をして、基礎体力の向上を図るように』と指導されていた。

でも私は正直、朝は五分でも長く寝たいし、授業と部活が終わって家に帰り着いたころにはへとへとに疲れていて宿題だけで精一杯なので、運動なんてまったくできていない。ほとんどの部員が同じような感じだ。

でも、清水先輩は毎朝のランニング、毎晩の筋トレを欠かさないらしいと二年生の間で噂になっていて、どうやら本当だったのだと、今さら知って驚く。

「部活がないと自分に甘くなっちゃって、だめだね」

「しょうがないですよ、受験勉強もあって大変でしょうし……」

吹奏楽部は夏休み半ばに大きな大会があり、それまで三年生も部活を続けるのだけれど、そのぶん受験勉強に費やすことのできる時間が減ってしまうので、引退してからが大変なのだと先輩たちから聞いたことがあった。

「いや、俺のことは今はいいんだ。橘さん、大丈夫？」

「えっ……」

突然訊ねられて、思わずあげた声が上ずった。

全然大丈夫です、と私が答える前に、清水先輩は、

「ごめん、訊き方が悪かったね」

と眉を下げて続ける。

「大丈夫？って訊かれて、大丈夫じゃないって答えるの、ハードル高いよね」

優しい眼差しが私を包む。

先輩は微笑んだまま、間にふたりぶんほどのスペースを空けて、私の隣にそっと腰を落とした。

「……いえ、あの……」

ほんとに大丈夫なんで、と言いかけたけれど、やっぱり先輩に遮られる。

「ごめん。訊き方、変えるね」

先輩が少し首を傾けて、私の顔を覗《のぞ》き込むようにして問いかけてくる。

「なにがあったの？」

なんにも、とも答えさせてはもらえなかった。

「なんにもなかったら、こんな時間にこんなところで、ひとりきりでそんな顔してることなんてないと思うから、なにかあったのは分かってるんだ」

先輩はいつもの柔らかい表情で、静かに語りかけてくる。

問い詰めるようでも、詮索するようでもなく、ただ静かに染み込むような声音に、私はとうとうごまかしの言葉が出てこなくなってしまった。

「…………」

これではなにかあったというのを認めたようなものだ。

心配してくださいかまってくださいと言わんばかりの態度になってしまっていることに、いたたまれなくなる。

「言えないこととか、言いたくないことなら、もちろん言わなくてもいいんだけど。もしも俺が聞いても大丈夫な内容で、誰かに話したら楽になれる話なら……」

「……えっと……」

部活を引退して、もう関わりのなくなった清水先輩に、相談などしていいのだろうか。

そんな躊躇《ちゅうちょ》から、私はやっぱり決心ができなくて口を開けずにいた。

でも、じっとこちらを見つめて私の言葉を待っている様子の先輩に根負けして、私はとうとう事情を洗いざらい打ち明けた。

「――そっか。うん……」

私の話が終わると、それまで黙ってただ聞いてくれていた清水先輩はそう呟き、ゆっくりと頷いた。

どんな反応をされるのか、怖かった。

なんて自己満足で、自分勝手なことをしたんだ。君はなんて無神経な人間なんだ。そんなふうに軽蔑されてしまうのではないかと思うと、怖かった。

私は以前から清水先輩のことを尊敬していた。

部活の先輩として、部長として、なによりひとりの人間として、素敵な人だなと思っていた。

音楽に対しても、人に対しても、いつも真摯《しんし》に真剣に向き合っていて、部長になってからは特に、部員に対するケアやサポートがとても細かくて、常に気遣いに溢れていた。

清水先輩のそういうところをよく目にして、私は勝手に、どこか茜に似通ったものを感じていた。

私は先輩や茜のような、自分にないものを持っている人、誰に対しても平等に親切に誠実に接することのできる人を無条件に尊敬する。

そんな先輩から、軽蔑の目で見られることになってしまったら、すごくつらいなあと思う。

自業自得だから、仕方がないのだけれど。

しばらくなにか考えるように押し黙っていた先輩が、

「――相手の子は」

と口を開いた。茜のことを指しているのだろう。

一体どんなことを言われるのか不安だったけれど、私は「はい」と応えた。

「その子は、マスクのこと、橘さんに知られたくなかったんだろうね。仮に気づいても、指摘はされたくなかったのかも」

「……はい、そうだと思います。本当に、無神経でした……」

きっと私は、茜がずっと隠していた秘密を無理やり暴いて、その上さらに傷口をえぐるようなことをしたのだと思う。

なんて残酷なことをしてしまったのだろう。

どうしてあのとき私は、見て見ぬふりをするという優しさを持てなかったのだろう。

後悔の渦《うず》の中で、何度目かも分からない苦い息を細く吐き出す。

「でも、橘さんは、その子のことをすごく大事に思ってて、だからこそ言っちゃったんだよね」

私ははっと目を見開いて先輩を見つめる。

「……はい」

茜を傷つけたくせに、こんなことを言う資格があるのかは分からないけれど。

私は本当に、彼女のことが大好きで、大切で、だから心配で、悩みがあるなら力になりたくて、ああいうふうに言ってしまったのだ。

こくりと頷いた私に、先輩がふっと笑みを浮かべる。

「じゃあ、きっと、橘さんが興味本位や好奇心じゃなくて、心から心配して声をかけたのは、その子にも伝わってるはずだよ。そういうのって、顔を見れば、声を聞けば、分かるものだから」

「そう……ですかね」

そうだよ、と安心させるように先輩が笑う。

「だから、どんな反応されるか怖いって気持ちは分かるけど、勇気を出して話しかけたほうがいいと思うよ」

「……大丈夫ですかね」

せっかくの先輩のあたたかい言葉にも、なかなか素直に頷けない。

「きっと怒ってると思うし、恨まれてると……」

自分の言葉に胸をえぐられて、口をつぐむ。

「許してくれるかな……」

「それは分からないけど」

柔らかく応えた先輩の言葉が、鋭く刺さる。

「……ですよね」

でも、と先輩が続けた。

「橘さんが本当に誠心誠意、心からその子に謝って、それでもし仲が修復できなかったとしても……」

私は「はい」と先輩の目を見つめる。

「なにもしないで、『もうだめだ、仲直りできるわけない』って最初から諦《あきら》めるよりは、一度でも声をかけておいたほうが、きっと橘さんにとって、後悔のない終わり方ができると思う」

そう言ってくれた先輩の言葉の、流れるようなよどみのなさに驚いた。

私を慰めるために考えて、たった今思いついたという感じでは、まったくなかった。まるで、ずっと前から心の中にあった言葉を、口に出して教えてくれたのだという感じがした。

だからこそ、こんなにスムーズに出てきたのだろう。

「……そう、ですね」

私は膝を抱えたまま前に向き直り、学校の敷地を取り囲む植木をじっと見つめる。

いつの間にか、俯きがちだったはずの視線が、すっかり上を向いていたことに、自分で気づいた。

先輩の言葉を聞いているうちに、湿った地面を見下ろしていた目が、しっかりと前を見つめている。

「だめかもしれないけど、まずはやってみないと、分からないですよね」

なんでもそうだよなあと思う。

楽器の練習も、勉強も、必死にやったからといって、必ずしもいい結果が出るとは限らない。

人間関係だって同じだ。いくら謝ったって、許してもらえるとは限らない。

だから、怖かった。すごく怖かった。

でも、『きっとうまくいかないだろう』と初めから諦めてなにもしなかった未来と、『だめかもしれないけれどやってみよう』と頑張った未来では、たとえ同じ結果になったとしても、きっと色合いも輝きも、まったく違うはずだ。

私は、灰色にくすんだ未来より、色鮮やかに輝く未来が、欲しい。

「……だから、話してみます」

私がそう言うと、先輩はふっと目を細めて優しく笑った。

「うん。頑張れ」

先輩は、励ますように、寄り添うように、そう言ってくれた。

どうして彼は、もう部活での関係もなくなった私に、こんなに親切にしてくれるのだろう。

引退前、同じ部員として活動していたときも、ただの先輩後輩の関係、部長とたくさんいる部員のひとりという関係でしかなかった私に、こんなに心を寄せて心配してくれて、よくしてくれるのだろう。

「どうして、そんなに、してくれるんですか……？」

うまく説明できる言葉を思いつけなくて、曖昧《あいまい》な訊ね方になってしまった。

先輩が私を見つめながら大きな瞬きをして、それからすうっと視線を流し、空を仰いだ。

私もつられて目線を上げる。さっき先輩がこちらを覗き込んでいた窓が、そこにはあった。

「……もう後悔したくなかったから」

先輩が静かに答える。

予想外の返答に、私は思わず隣に視線を戻した。

先輩の澄んだ眼差しが、遠い空を見つめている。

「後悔……？」

そっと訊き返すと、先輩はちょっと情けない表情で眉を下げた。

「……ずっと後悔してることがあるんだ。まだ橘さんたちが入ってくる前のことなんだけど……」

先輩は話したいのだろうと思った。だから私は黙って続きを待つ。

「俺が一年のとき、部活内のいざこざで、突然やめてしまった子がいた」

私は黙ったまま頷く。

吹奏楽部は、文化部とはいえ、個人ではなく集団でやるもので、団体スポーツに近いところがある。だから、どうしても揉《も》め事は起こりやすいし、人間関係がうまくいかないことを苦にして退部してしまう人が出るのは、残念ながら、そんなに珍しくもない。

「突然って言ったけど、俺は、なにも知らなかったわけではなくて……」

先輩が一瞬口をつぐみ、苦しそうに小さく息を吐いた。

「パート練のときに、廊下を通りかかって、たまたま、その子がぽつんとひとりで練習してるのを見かけたことがあった。そのときは、ちょっと気にはなったけど、まあそういうこともあるかなって思って、それに、自分のパートじゃないから出しゃばるのもどうかなって思いもあって、……素通りした。そのあとの合奏のときは普通に見えたからちょっと安心して、それで結局、なにもしなかった」

私は少し俯き、唇を噛む。想像すると苦しかった。

たぶん、同じ楽器を担当するメンバーの中でなにかいざこざがあったんだろう。

楽器ごとのパート練のときには仲間はずれにして、他の部員が集まり顧問も顔を出す合奏のときには、ばれないように普段通りにふるまう。

そういう状況は、私自身は運よく経験したことはなかったけれど、中学校のときに似たような話を聞いたことがあった。パート内だけで行われる陰湿な、隠れたいじめだ。

「でも、そのあと、その子が部活に来なくなっちゃったんだ。気がついたらもう辞めちゃってて……。俺は、様子がおかしいなって思ってたのに、気づいてたのに、見て見ぬふりをした自分の罪深さに、そのときやっと気づいた……」

先輩が一瞬口を閉じて、きつく唇を噛んだ。

瞬間、彼の手を握りたい衝動に駆られた。無性に、その背中を撫でてあげたい、と思った。

もちろん、そんなことはできないけれど。

「……大事な仲間なのに、解決はできなくても、話を聞くくらいはできたかもしれないのに、俺は、声をかける勇気がなくて、なんにも力になれなくて、結局見過ごしちゃったんだ……」

先輩が深く息を吐き出す。

「そのことを、ずっとずっと、今でも、後悔してる……」

だからだったのか、と私はやっと合点がいった。

清水先輩が、いつも部内の人間関係を円滑《えんかつ》にするために奔走《ほんそう》していた理由が、やっと分かった。

いや、理由があるとは思ってもみなかったのだけれど。

先輩はそういう面倒見のいい性格の人なのだと思い込んでいたから、そのふるまいの裏側になにか事情があるなんて、想像すらしていなかった。

「それ以来、もう見過ごさないって決めたんだ。なにか気づいたら、ありがた迷惑かもしれなくても、余計なお世話と思われるかもしれなくても、なんの力にもなれなくても、とにかく声だけはかける。絶対に見て見ぬふりはしない。もう二度と後悔したくないから――」

先輩が静かに、噛みしめるように言った。

「そうだったんですね……」

子どものころ、テレビで手品師を見て、不思議な力を持っている人なのだと思っていた。その人が繰り広げる不思議な事象は、全て魔法なのだと思っていた。

でも、大きくなって、実はタネも仕掛けもある手品なのだと理解した。不思議な魔法の力で軽々とやってのけたことなのではなく、手品師の人が何年もかけて研究したり、何度も何度も練習したりして、必死に積み上げてきた努力の賜物《たまもの》だったのだと理解した。

あのときの、なんともいえない感慨。

それと同じものが、今、私を包んでいる。

頑張ってたんだ、と思った。

清水先輩は、ずっと頑張っていたのだ。

苦い経験をして、苦しい後悔を抱えて、それを繰り返さないように努力してきた。

私が見ていたのは、いつだって当たり前のようにみんなのために動く先輩の、ほんの表面だけ。

その裏側は知らなかったし、見えていなかったし、見ようともしていなかった。

よく目を凝らしたら、思いを馳《は》せたら、気づけたのかもしれないけれど、私はそうしなかった。思いつきもしなかった。

裏側があるなんて、思いもしなかった。

もしかしたら、茜も？

ふと、そんなことを思いつく。

茜も、頑張っているのかもしれない。

彼女が今のような素晴らしいふるまいをするようになった裏側には、実は、過去の経験や苦い思い出があるのかもしれない。

もしかしたら、青磁だって、そうかもしれない。

あんなふうに自由奔放に、放題にふるまう言動の裏側に、なにかを抱えているのかもしれない。

そんなことは、今まで、これっぽっちも考えたことがなかった。

清水先輩も茜も青磁も、目に見えているふるまいが全てで、それは生まれ持ったものなのだと思っていた。

でも、実際は、違うのかもしれない。

さっきね、と清水先輩がふいに言ったので、私ははっと我に返った。

「さっき、廊下の窓からたまたま下を見て、橘さんが泣いてるところを見つけて。なんか覗き見してるような気分になったし、隠れて泣いてるんだから気づかないふりをしたほうがいいのかな、と思ったけど……」

私は「すみません」と思わず謝る。

こんなところで泣いていたせいで、先輩に気を遣わせてしまったと思うと、申し訳なかった。

「でも、やっぱりどうしても気になって、声かけちゃったんだ」

ごめんね、と先輩が笑う。

「余計なお世話だったら、ごめんね」

「そんな！」

私は慌てて首を振った。

清水先輩に心配をかけてしまったのは申し訳なかったけれど、心配してもらえたのは嬉しかった。我ながら矛盾しているけれど。

そして、ふと気がつく。

「……もしかして、夏休み前の、フルートの……」

思わずぽつりと口を開く。先輩が「ん？」と訊き返してきた。

今年の夏休みの直前の時期に、吹奏楽部のフルートのメンバー内で、ちょっとした揉め事があった。

夏の大会で演奏する曲のソロパートを、一年生の浅野芽生《あさのめい》という子が吹くことになった。これまでずっとソロを吹いていたパートリーダーの三浦《みうら》先輩は、それを快く思わなかったようで、急に芽生に対して、『ちゃんと練習してよ、もっとうまく吹けないの』などとつらく当たるようになったらしい。

私は芽生本人からそのことを相談されていて、でもなにもできることがなくて、ただただ心配しておろおろするだけだった。

直接自分に関係することではなかったけれど、話を聞いたり悩んだりしているうちに、私までかなり滅入ってしまい、茜にも何度も相談した。

でも、一週間ほど経《た》ったある日、三浦先輩から、『今までごめん、大会まで一緒に頑張ろう』と謝ってもらえて、仲直りできたのだと芽生から聞いた。

そのときは、三浦先輩が考え直してくれてよかった、としか思わなかったのだけれど。

「……もしかして、あのときも、清水先輩がなにかしてくれたんですか？」

目を丸くして訊ねると、私の予想は当たったらしく、

「いやいや、なにかしたってほどではないよ」

先輩が照れくさそうに手を振った。

「俺はパートも違うし、事情もよく分からなかったから。ただ、ちょっと様子がおかしいなと思って声かけて、少し話を聞いただけで、たいして力にはなれなかったんだけど……」

そこまで言って、先輩はふうと息を吐く。

「でも、解決できないかもしれないからって黙って見過ごしたら、また後悔するかなと思ったから……、とりあえず自分にできることはやろう、と思っただけだよ」

「それでも、ありがとうございます」

きっと三浦先輩は、ソロを吹けない悔しさや苦しさ、やるせなさ、そういう胸の内に溜《た》め込むしかなかった思いを、清水先輩に聞いてもらえたことで、気持ちが軽くなったんじゃないかなと思う。

だとしたら、やっぱり、清水先輩のおかげだ。

早めに解決できたおかげで部内に大きな波風は立たず、大会でも納得のいく結果を出せたし、私も芽生もまた部活が楽しくなったのだから、先輩はやっぱりすごい。

「私も、先輩を見習わなきゃなあ……」

思わず空を仰いで言った。

余計な言動をして茜を傷つけてしまった私と、見て見ぬふりをせずに行動して誰かを助けた清水先輩とでは、雲泥《うんでい》の差だと思った。

でも、先輩は「そんなことないよ」とびっくりしたように言う。

「え……？　でも……」

「だって、浅野さんと話したとき、浅野さんが言ってたよ。三浦さんとぎすぎすしちゃってつらいときもあるけど、橘さんが話を聞いてくれて味方になってくれるから心強かった、橘さんのおかげで部活を休まずに頑張れたって」

「え……っ」

私は驚きに目を見張った。

私はあのとき、芽生が落ち込んでいるのに、ただ聞き役になることしかできなくて、そんな自分の無力さに悶々《もんもん》としていた。それなのに、芽生が私のおかげで頑張れたなんて、思いも寄らなかった。

ああ、でも、とふいに思い出す。

私は、うまく芽生の力になれないことで悩んで、茜に相談していた。彼女は『部活内のことだから力になれなくてごめんね』と申し訳なさそうに言っていたけれど、それでも私は、話を聞いてもらえるだけで、すごく楽になったのだ。茜の存在自体がありがたかった。

そうか、芽生も私に対して、そんなふうに思ってくれていたんだ。

数ヶ月ごしにそんな意外な真実を知ることになって、なんだかくすぐったくて、でも嬉しくて、そして、身体の内側から力が湧いてくるのを感じた。

「よしっ！」

全身にみなぎる力に突き上げられるように、私は気合いの声を上げて、勢いよく立ち上がる。

清水先輩が「おっ」と明るい声を上げた。

「いいね、橘さん、その調子！」

先輩はまるで自分のことのように嬉しそうに笑っている。

「清水先輩。話を聞いてくれてありがとうございました！」

がばっと頭を下げてお礼を言うと、先輩がふはっと噴き出した。

「どういたしまして。こちらこそ、話してくれてありがとう」

微笑みに優しく滲む先輩の眼差しを受けながら、私は「あの」と口を開く。

「……また、聞いてもらっていいですか」

先輩は軽く眉を上げて目を見開き、それからふんわりと笑った。

「もちろん。いつでも呼んで」

「ありがとうございます！」

再び下げた頭に、激しく動悸《どうき》する心臓から一気に血がのぼってきて、顔が真っ赤に染まっている気がした。

だから私は、そのまま踵《きびす》を返して、校舎に向かって全力で走る。

茜と話そう。ちゃんと話そう。

まずはさっきのことを謝って、それから自分の正直な気持ちを伝える。

ふたりでたくさん話をして、茜がそうしたいのなら、彼女の話をたくさん聞こう。

彼女が話したいだけ話してもらおう。

たとえ解決できなくても、話すことで楽になることもあるから。

とにかく今は、茜のもとへ、走る。

そのときの私が、清水先輩の優しい表情や穏やかな声を何度も思い返して、全力疾走のせいだけじゃない胸の高鳴りを感じていたのは、また別のお話。

2　美術室　―望月遠子　十六歳―

＊

「こんにちはー」

がらりとドアの開く音と、はきはきと明るい声。

振り向いて見てみると、思った通り、二年生の茜さんだった。

「遠子《とおこ》ちゃん、こんにちは」

目が合うと同時に、いつも通りの優しい笑顔で挨拶をしてくれる。

「茜さん、こんにちは」

なんだか嬉しくて、頬が緩むのを感じながら私は挨拶を返した。

茜さんは美術部員ではないけれど、よく美術室に遊びに来てくれる人だ。

美術室は、各クラスの教室がある本館からは離れた旧館の片隅の、忘れられたような場所にあるので、部員以外の人が顔を出すことはまったくなく、彼女が姿を現すと、なんだか空気が変わったような感じがする。

でもそれは、誰であっても同じというわけではなくて、茜さんだからこそだろうなと思う。

彼女は、どんな場所でも、誰が相手でも、すっとその場に溶け込んでなじんでしまうような、そんな雰囲気を持っている。

初対面の人が相手でも、少しも気後れすることなく、人懐っこく話しかけ、朗らかな笑顔でするりと懐に入っていくような。

二年の深川青磁先輩に連れられて、彼女が初めてここにやってきたときも、そういう感じだった。

屈託のない笑顔と態度ですっと美術部になじみ、まるでずっと前から美術室に出入りしていたかのような自然さで、すぐに溶け込んだ。

すごいなあ、と感心してしまう。世界中の人見知りを煮詰めて凝縮したような極度の人見知りの私とは、まるで対極にいる人だ。

深川先輩というのは、美術部の二年生の部員だ。茜さんと同じクラスで仲がよく、彼女は彼が絵を描くところを見に来ているようだった。

深川先輩は、あまり美術室では描かない。いつも空の絵を描いている彼は、室内から見た空ではなく、屋上などに行って実際の空を見ながら描いているらしい。

それで先輩と茜さんはよくふたりで部室を出ていき、部活の終了時間になるころに戻ってくる。

深川先輩と茜さんって、すごく仲良しですよね。もしかして付き合ってるんですか。

心の中で訊ねてみて、自分で苦笑した。

気にはなるけれど、やっぱり訊けない。

私は前に向き直り、描きかけのキャンバスに向かい合う。

今描いているのは、棒高跳びをする少年の絵だ。真っ白なバーを悠々と越えて、真っ青な空に高く跳び上がる姿。

「今日も描いてるねえ」

振り返ると、茜さんがにこにこしながら私の絵を見ていた。

「羽鳥彼方《はとりかなた》くん、だっけ」

どきっとして、私はごまかし笑いを浮かべる。

「えっと、あの、これは、特定の人ってわけではなくて、特に誰とは、決めてないんですけど……」

実際、右斜めうしろの角度から描いていて、跳んでいる少年の顔は見えていないので、誰を描いているかは分からない、はずだ。

でも、知っている人が見れば、やっぱり分かってしまうよなと思う。

言い当てられたのが恥ずかしくて反射的にごまかしてしまったものの、そんなことをしても意味がないなと反省し、私は正直に告白した。

「……た、たしかに、彼方くんがモデルではあります……」

「ふふっ。いいと思う！」

茜さんがグーサインをして笑った。

彼女はもとからよく笑う人で、特に本館のほうで見かけるときはいつも目を細めて微笑みを浮かべていたけれど、最近は以前にも増して声を上げてよく笑うようになったし、その笑顔の明るさがさらに増している。

前はおしとやかな笑い方だったのが、今は弾けるような笑い方、周りを一気に明るくするような笑い方だ。

「すっごくよく描けてるもん。もっともっと見せていけばいいと思うよ」

茜さんの言葉に、私は「はい、ありがとうございます」と笑って頷いた。

再びキャンバスに向き合い、筆を走らせる。

手を動かしながら、ときどき窓の外、グラウンドのほうに目を向ける。

そこには練習中の陸上部員たちの姿。

その中でも、ひときわ私の目を引く、彼方くんがジャンプする姿。

こんなふうに、彼の跳ぶ姿を堂々と描ける日が来るなんて、数ヶ月前には想像もできなかった。私は永遠に、こそこそ隠れて描くしかないと思っていた。

私はずっと、スケッチブックにこっそりと彼方くんの絵を描いていた。描いては消し、描いては消し、というのを繰り返していた。

それは、彼への想いを消さなくてはいけない理由があったから。

私にとって彼は、ある理由から、〝好きになってはいけない人〟だった。

それでも、頭では分かっているのに、心は言うことを聞いてくれなくて、なかなか想いを断ち切れずにいた。

だから、こそこそ隠れて、人知れず彼の絵を描くことで、どうにか恋心を少しでも消化しようとしていた。

そんなある日、彼方くんの絵を描いていることを、深川先輩に知られてしまったのだ。

『そんなに好きなのかよ』

そのとき、私がいつものように隠れて描いていた絵を見つめて、先輩はちょっと呆れたように言った。

『毎日毎日、描いては消して。一体、なにやってんだよ。見てるこっちがイライラするんだよな』

『せっかく描いた絵を消すなんて、もったいないことはするな』

『そんなに必死に描いてるのに消すなんて、絵の神様に怒られるぞ』

先輩の言っていることはよく分かった。

でも、そのときの私には、消さないという選択肢はなかった。

『人生には終わりがあるんだぞ。時間は永遠に続くわけじゃないんだぞ。誰だっていつ死ぬか分からないんだから』

『このまま気持ちを伝えずに死んで、後悔しないのか？』

私は首を横に振った。後悔するだろうと分かっていた。でも、分かっていても、伝えるわけにはいかなかったのだ。

大事な大事な友達のために、彼への想いは隠し通して、押し殺して、消すしかなかった。

そんな私に、深川先輩は眉をひそめて言った。

『他人のために自分の気持ちを押し殺して生きていくやつは、いつか絶対、耐えきれなくなる。人は自分の本心を殺しながら生きていくなんて、できない生き物だから。いつかきっと、心がぼろぼろになって破滅する』

それでもいい、と私はあのとき答えた。

私が彼方くんへの想いを消さなくてはならなかった理由は、それほど私にとって、大きな、大事な、重要なものだったから。

でも、今になって思い返してみると、どこか意固地になっていたのかな、という気もする。

この想いは消さなきゃいけない。彼方くんのことは諦めなきゃいけない。

そんなふうに、何度も何度も自分に言い聞かせてきた。

そうしているうちに、だんだんと視野が狭まり、他の道にはまったく目が向かなくなり、そうするしかない、という動かしがたい思い込みになっていった。

私は昔から、気が弱いわりに頑固者だと、困ったように親から言われていた。自分の臆病さや引っ込み思案に我ながら嫌気が差していたから、頑固だなんて言われても以前はまったくぴんとこなかったけれど、最近は、たしかにそうかもと思う。

こうしよう、と一度決めたら、自分ではなかなか考えを変えられないところがあるのだ。

そんな私が考えを改めて、新しい世界に目を向けられるようになったのは、たしかに、深川先輩のあの言葉がきっかけだった。

あのとき先輩が私に声をかけてくれなかったら、活を入れてくれなかったら、私は今も自分の気持ちに正直になれないまま、彼方くんへの消せない想いを抱えて鬱々《うつうつ》としていたかもしれない。

だから私は、深川先輩に感謝しているのだ。

無口で無愛想で、たまにしゃべると口調も言葉もきつくて、外側だけを見たらちょっと怖いなと思うこともあるけれど、やっぱり、その内面はとても面倒見のいい優しい人なのだ。

それは、茜さんと一緒にいるときの先輩を見ると、いちばんよく分かる。

茜さんと話しているときの彼は、いつもより柔らかい穏やかな表情をしているし、笑みを浮かべることも多い。

他の人と接するときとは、違う表情、違う声色。

そういう些細《ささい》な違いの全てから、茜さんのことを特別に思っているんだな、ということが、じわじわと伝わってくる。

それは茜さんも同じで、深川先輩と話すときの彼女は、ちょっとくだけた口調になったり、少し雑なしぐさを見せたりする。

私や中原《なかはら》先輩と話しているときのような、完璧な優等生そのものの、そつのない対応とは、どこか違うのだ。

他の人には見せない表情で、他の人に対するときとは違う話し方をする。

それが、お互いに特別な存在だと思っている証《あかし》なのだと思う。

私はそんなふたりを見るのが好きだった。先輩たちが美術室に来るといつも、こっそり観察していた。

でも、一度、茜さんが美術室に来なくなった時期があった。

年が明けてすぐくらいの時期だっただろうか。その間は深川先輩もあまり部活に顔を出さなくなり、どうしたんだろうと心配していた。

何度か本館の教室や廊下などでもふたりの姿を見かけたけれど、以前のように一緒にいたり話したりしていることもなく、ふたりともなんだか強張ったような表情をしていた。

もしかして関係が悪くなってしまったのかと、勝手に心配していたのだけれど、しばらくしたらまたふたりで美術室に来るようになって、勝手にほっとした。

なにかの流れで、部室でちょっとその話をしたとき、

『あのふたりのこと？　そうね、詳しくは知らないけど、なんだか色々あったみたい。でも無事にもと通りになった……というか、もと以上に仲良くなったのかな。なんにせよ、よかった、よかった』

三年の中原先輩が、そう言っていた。

私も他人事《ひとごと》ながら、『よかったですね』と胸を撫《な》で下ろし、中原先輩と笑顔で頷き合った。

もちろん詳しいことは分からないし、本人たちに訊ねるつもりもないけれど、勝手に安堵した。

そんなこともあったなと思い返しながら筆を動かし続け、ふと軽い疲れを覚えて、私は手を止めた。

休憩がてら、準備室に画材を取りにいく。

そのとき、本棚に置かれていた冊子が目に入ったので、手に取った。

今年度の県美術展のパンフレットだ。

いちばん最初のページを開くと、その瞬間、桜色の光に包まれたような気持ちになった。

ほう、と溜め息が出る。

何度見ても、この絵はすごい。

とてつもない力と熱が満ち溢れている。

一瞬にして目を奪われ、そのまま目を離せなくなる。

舞い踊る桜の花びらと、朝焼けの空を背景に、涙を浮かべて明るく笑う少女。

『夜が明けたら、いちばんに君に会いにいく』

それが、深川先輩が美術展で大賞をとった絵のタイトルだった。

その絵がカラー印刷で大きく掲載されたページをまじまじと見つめながら私は、やっぱりこれって茜さんだよね、と心の中で呟く。

本人から聞いたわけではないし、訊ねてもきっと教えてくれないとは思うけれど――最近気づいたこと、深川先輩はたぶんものすごく照れ屋さんだ――、この絵に描かれた少女はたぶん茜さんだ。

そして、このタイトルの『君』というのもきっと、茜さんのことを指しているのだろう。

夜が明けたら、いちばんに君に会いにいく。

なんてまっすぐな愛の言葉だろう。

深川先輩はいつも飄々《ひょうひょう》としているけれど、茜さんが隣にいると、なんとなく嬉しそうだ。

ふたりが一緒にいるときは、お互いしか見えていないという感じがする。

まさに、ふたりの世界。

そして、最近はそんな空気感がさらに濃くなっている気がした。一見しただけでは以前と変わらないように見えるけれど、どこか違う。

ふたりの距離が近くなって、ふたりを包む空気が柔らかくなって、だから、もしかして付き合いはじめたのかな、と私は勝手に妄想していた。

ちーす、と声がして、ドアが開く。

姿を現したのは、深川先輩だった。

彼はすぐに茜さんの姿を見つけて、「早くね？」などと言いながら近づいていく。

口ではそう言いつつも、明らかに嬉しそうな顔をしていた。それに気づいて、私は思わず小さく笑ってしまう。

「委員会が早く終わったから」

「あっそ。お前、ほんと、ここ好きだな」

「だって落ち着くから」

「ふうん」

深川先輩は頷きつつ、窓の外に目を向ける。

冬らしい灰色の雲に覆われた空。風が強く吹いていることが、木々の揺れを見れば分かる。

「今日は寒いから屋上行くのはやめとくか」

先輩が言うと、茜さんが「えー」と唇を尖《とが》らせた。

いつもは大人っぽくて落ち着いている彼女が、深川先輩の前ではこういう感じで、どこか子どもっぽくなり、少しわがままをもらしたりするのが、なんとなくほっこりする。

「でも、せっかくだから、屋上行きたい」

「やめとけよ、お前先週、風邪引いてただろ」

「えー、もう治ったし」

「うるせ。また引いても知らねえぞ。黙って言うこと聞け」

「なによ、偉そうに」

肩を並べて座り、お互いに眉を寄せつつ、でもなんだかんだで仲むつまじげなやりとりをしている。

そのなんとも言えない距離感。どこからともなく滲み出し、溢れて、醸し出される空気感。

そんなふたりの後ろ姿を見ていたら、なんだか急に、彼らの絵を描いてみたくなった。

描きたい。描きたい。

「あの……」

どきどきしながら、勇気を出して彼らの背中に声をかける。

「あ？　なんだよ」

「ん、なあに？　遠子ちゃん」

深川先輩と茜さんは同時に振り向き、同時にそう言った。

あまりのシンクロ率の高さに感心しつつ、私は「お願いがあるんですけど」と切り出す。

「おふたりの絵を、描いていいですか？」

私がそう訊ねた途端に、深川先輩は遠慮なく顔をしかめた。たぶん恥ずかしいのだろうなと思う。やっぱり照れ屋さんだ。

「なんだそれ。俺らを描いてどうすんだよ」

「いえ、あの、どうもしないんですけど、ただ、描いてみたいなって……」

ちらりと茜さんのほうを見ると、嫌そうだとか迷惑そうではないものの、やはり少し恥ずかしそうな表情を浮かべている。

だめだ、このままだと断られてしまうかもしれない。

急に焦りが生まれた。

せっかく今、こんなにも強く、描きたいという気持ちが膨れ上がっているのに、消したくない。

描きたい思いを、私はもう、消したくない。

「だって、先輩が、教えてくれたじゃないですか。描きたいものを描けって」

私は深川先輩に向かって言った。

先輩が意外そうに目を見開く。

私自身も、我ながら自分らしくないと思った。

私はこんなふうに自己主張をするのが苦手だから。

でも今は、どうしても諦めきれなくて、どうしても描かせてもらいたくて、説得できそうな言葉を必死に探していた。

『描きたいものを描けよ』

深川先輩が、私にそう言ってくれたのだ。

いちばん描きたいものを描かずに、空っぽの絵を描いていた私を見て。

『好きなものを堂々と描け』

『本当に描きたいものを描けば、描きたくてたまらないものを描けば、その絵は絶対に、自分の中で最高の出来になる』

先輩のその言葉を聞いたときから、私は、絵を描くのがすごく楽しくなった。

前から描くのは好きだったけれど、前以上に楽しくなったのだ。

「今、先輩たちを見てたら、すごく描きたくなったんです。すごく、描きたいんです。だめですか？」

深川先輩が黙り込む。

するとその隣で茜さんが、恥ずかしそうに笑いながら、でも覚悟を決めたように、

「いいよ」と頷いてくれた。

そして、深川先輩の肩を軽くこづく。

「ほら、青磁。なに照れてんの。可愛い後輩が描きたいって言ってるんだから、描かせてあげようよ」

先輩は「照れてねえよ」と反論しつつも、どうやら茜さんには逆らえない様子で、

「しゃあねえなあ……」

と肩をすくめた。

「ありがとうございます！」

私は笑顔でお礼を言った。

茜さんが「どういたしまして」と笑ってくれた。

深川先輩は再び肩をすくめて前に向き直る。

もう私の存在などすっかり忘れたように、隣り合わせに座ってなにか話をしている彼らの背中をじっと観察しながら、手を動かす。

肩を並べて座り、見つめ合うふたりの後ろ姿。背景は、見たまま、この美術室でもいいのだけれど、彼らにはやっぱり外の世界、頭上に空が広がっている景色のほうが似合う気がした。

どんな場所がいいかなと考えて、川べりの芝生の上にしてみる。その向こうには、光を受けてきらきらと輝く水面。

季節は冬。ふたりとも制服ではなく私服で、あたたかそうなコートを着ている。なんとなく、フードをつけてみた。いい感じだ。

ちょっと照れ屋なふたりは、気恥ずかしいときにフードで顔を隠したりするかもしれない。そんな想像をして、思わずくすりと笑う。

鉛筆でざっくり輪郭をとったあと、水彩絵具で軽く色づけをする。

深川先輩が描いたあの茜さんの絵を思い出して、背景の空や川や草花は、淡い紫やピンク、黄色や水色の柔らかいグラデーションで彩ってみた。

朝焼けの空をイメージしたのだけれど、実際に描いてみると、色合いがなかなか難しい。

もっとうまくなりたいな。

頭の中に思い浮かべた景色を、ちゃんと形にできるくらいに。

もっともっと練習しよう。

何気なく窓の外を見る。

空に跳び上がる、美しい姿。

絵を描く、ということは、自分の心に深く突き刺さった美しいものを、それを見たときに湧き上がった感情を、誰かに伝えるために形にするということだと思う。

その美しいものは、どこかの風景だったり、誰かの表情だったり、もしくは誰かの優しさのような形のないものだったりする。

形のないものでも、絵の具とキャンバスがあれば、色や線を与えて、形にすることができるのだ。

きっと私も、深川先輩も、これからもたくさんの絵を描くだろう。

言葉にならない気持ちを形にするために。
そして、それを相手に伝えるために。
だから私は、今日も明日も、君を描く。

3

真夜中 ―丹羽周也 十八歳―

*

——俺はなんでこんなふうになってしまったんだろう。

この二年間で、何度そう思っただろうか。

ずっと、泥水でいっぱいになった瓶の中に沈められ、閉じ込められているような日々だった。

沈めたのも、閉じ込めたのも、自分自身のはずなのに、なぜか自力で脱け出すことはできない。

溺れてしまわないように、なんとか水面から顔を出して息をするだけで精一杯で、それ以外のことはなにも考えられない。

心が麻痺《まひ》したように、なにも感じない。

自分の将来も、周りのことも、なんにも見えない。

こんなはずじゃなかったのに。

俺はこんな人間じゃないはずなのに。

なんでこんなふうになってしまったんだろう。

そんなことばかり、ぼんやり思っている。


もともと、そんなに能力が高いほうではないと自覚している。

でも、こつこつと努力をするのは苦手ではなかったから、学校の勉強でも、大好きなサッカーでも、昔からそれなりのラインはキープできていた。

高校生になってからもそうだ。自分なりに、勉強も部活も頑張っていた。なまけず、さぼらず、頑張っていた。

でも、なぜだろう。どうしてなんだろう。

いつしか、勉強も、部活も、どちらも思い通りにはいかなくなってきた。

高校のサッカー部は、上級生も同級生もうまい人ばかりで、自分はまだまだなのだと思い知らされた。打ちのめされた。

周りとの差を埋めようと、自主練やトレーニングを必死に頑張ったけれど、当然そのぶんだけ学校の勉強に割ける時間は減り、だんだん授業についていけなくなっていった。

なんとか挽回しなければと慌てて勉強時間を増やすと、今度は睡眠不足のせいか、体調が思わしくなくなり、常に身体が重く、部活でのパフォーマンスもみるみるうちに落ちていった。

部活を頑張れば勉強がおろそかになり、勉強を頑張れば部活がおろそかになる。

当たり前のことだった。とはいえ、それでも以前までの自分ならば、努力でなんとか乗り越えられてきたはずなのに、今回ばかりはなぜか、どうにもならなかった。

頑張れば頑張るほど、両方が足を引っ張り合い、どちらもずるずると落ちていく。

八方塞《ふさ》がりで、目の前が真っ暗になった。

みんなちゃんと両立できているのに、俺はできない。

できない自分に腹が立ったし、失望した。

これまでは多少なりとも自分に自信があったのに、厳しい現実を突きつけられて、そんなものはあっけなく崩れ落ち、朽《く》ち果て、風に吹かれた塵《ちり》のように弱々しく消え去った。

クラスにも部活にも、普通に友達はいて、普通に仲良くやれていたし、みんな普通にいいやつだった。

でも、彼らと一緒にいるのが、苦しかった。

誰もが俺より優秀で、なんでもうまくやれていて、それが心底羨ましくて、妬《ねた》ましかったからだ。

友達に対してそんなふうに思ってしまう自分の心の醜さが、嫌だった。

こんなに頑張っているのに、どうして俺はだめなんだ、なにが足りないんだ、どうすればいいんだ――初めのうちこそそんなふうに思っていたけれど、いつしかそんな気持ちすら消えた。

糸が切れた、という表現が、いちばんしっくりくる。

ぎりぎりまで張りつめていた糸が、音もなくぷっつりと切れた。

切れた糸を結ぼうにも、その両端はだらりとぶら下がって一気に沼の底へ落ちていき、糸の先をつかむことさえできない。

もうどうにもならないんだな。もう終わりなんだな。

妙に冷静な頭の片隅で、そんなことをぼんやり思っていた。

そうして俺は外に出られなくなった。

外の世界に一歩出れば、俺にはできないことを軽々とやってのける人間がごまんといる。その事実が俺を苦しめる。

だから、いっそのこと誰とも接触しなくなれば、自分の惨《みじ》めさを、醜さを、直視しないですむ。

一日のほとんどの時間を自分の部屋に閉じこもって過ごし、ただただ日々をやりすごしていた。

ただ生きているだけ。呼吸をしているだけ。

他にはなんにもしていない、無意味で無価値な日々。

でも、全部を放り出して現実から逃げて家にこもっていても、楽になったかというとそういうことはなく、そんな自分が嫌で苦しかった。

そして、上の妹の茜と自分を比較して、さらに苦しくなった。

茜は、俺とは反対にそもそもの能力が高いタイプで、昔からなんでもうまくこなす子どもだった。

俺が保育園のとき、覚えかけのひらがなを途切れ途切れに必死で読んでいたら、横で見ていただけの茜が、いつの間にかすらすら読めるようになっていた。幼心にすごく驚いたのでよく覚えている。

頭だけでなく運動神経もよくて、なにかスポーツを習っていたわけでもないけれど、どのスポーツをやってもすぐにこつをつかんで、めきめきと上達した。当然、小中学校の通知表は毎回オール5だ。

高校二年生になった今も、相変わらず余裕でなんでもうまくやれているようだった。

成績は一年生のときからずっと上位をキープしていて、友達も多く、クラス委員もやっているという。

その上でさらに家では、年の離れた下の妹、まだ保育園児の玲奈《れいな》の世話を焼いたり、炊事などもそつなくこなす。

昔はそんな優秀な妹を、自慢に思っていた。友達や周りの大人から茜を褒められるたびに、誇らしく思っていた。

でも今は、そんなふうには思えない。自分に対する自信を失くしてからは、正直、茜の顔を見るたびに、苦い思いを抱くようになってしまった。

家族にとっては、俺なんかいなくても、茜さえいればいいだろうな。

どう考えたって、俺なんかいらないよな。俺がいないほうが、みんな幸せだよな。

そんな卑屈な考えがどうしても頭に浮かび、離れないのだ。

家族と顔を合わせるのが、つらい。

顔を見るのも、見られるのも、つらい。

つらくてつらくて、家族に会いたくなくて、日中は眠り、夜間に活動するようになった。

絵に描いたような昼夜逆転の生活の始まりだ。

日が落ちるころに覚醒《かくせい》し、かといってなにをするでもなく、ぼんやりと天井を眺めたり、昔はまっていた漫画をぱらぱらめくったり、たいして好きでもないゲームを適当にプレイしたり、だらだらと時間をつぶす。

なるべくリビングに人のいない時間を見計らって、部屋をのそのそと出て階段を下り、キッチンに行って食べ物や飲み物を確保する。

まるでドラマや漫画で見たような引きこもり生活。

まったくの別世界の話、自分には縁のない話だと思っていたのに、まさか我が身に降りかかる日が来るとは。皮肉なものだ。

家族、特に両親からは、まさに腫《は》れ物のように扱われていた。

まったく会話をしない、というわけではない。たまに顔を合わせれば、それなりに言葉を交わす。

でもそれは、表面を柔らかく撫でるだけの会話だった。まるで俺が、少しでも刺激したら爆発してしまう危険物であるかのように。

どうして不登校になったんだとか、これからどうするつもりなのかとか、親なら当然訊きたいであろうことすら、一度も話題に出されることはなかった。

茜とも会えば話をするものの、向こうは学校や将来のことについてはなにも言わない。俺のことだけでなく、自分の学校の話もしない。

親からも茜からも、将来のことなどをもし訊かれたりしたらつらいだろうし、もちろん訊かれたくはないのだが、かといって何事もなかったかのように触れられないというのも、それはそれでつらかった。気を遣われているのが痛いほどに分かるからだ。

いや、もう諦められているのだろう。

なんの屈託もなく笑い合っていたはずの家族と、こんなふうに、分厚い膜を一枚隔てたような関係性になってしまったのが、もちろん自業自得なのは重々承知の上で、それでもやっぱり、むなしかった。

だからといって、自分から口を開き、腹を割って話をしたり、相談したりすることもできない。そんな気力など湧かない。

自分の気持ちを言語化したり、それを誰かに伝えたりするのは、意外にも、途方もない力を必要とする。

糸の切れてしまった人間には、そんな余力はない。

とにかく、生きるだけで精一杯なのだ。

なにもかも順調にいっていたころの俺は、そんなことは少しも知らなかったけれど、今は痛いくらいに身に沁《し》みて分かる。

だから俺は今日も、川に流される枯葉のように、ただただ時間の流れに身を任せるだけ――。

＊

そんな日々も三年目に突入した、冬のある日のことだった。

ふと、あることに気がついた。

茜の様子がおかしい。

普段通りにふるまってはいるものの、ふとした瞬間に表情が暗くなる。ひとりでいるとき、ぼうっと壁や天井を見つめていたりする。

以前はそういうことはなかったのに、どうしたんだろう。珍しく疲れているのだろうか。

でもやっぱりなんだかおかしいな、と思っていた数日後。

夕食――俺にとっては朝食――の時間にリビングに行くと、茜がキッチンで料理をしていた。母が仕事で遅い日などは、茜がよく夕食を作っていた。

なにげなく目をやると、茜は包丁を持ったまま固まっていた。不自然に感じて顔を見てみると、なにか考え込むような表情をしている。いつもてきぱきと無駄のない動きをするやつなので、珍しいなと思った。

少し引っかかったものの、そりゃ茜だって考え事することくらいあるよな、と思って、水を飲んだあと用を足しに行った。

再びリビングに戻ったときにも、茜は同じ姿勢のまま止まっていた。

さすがにおかしいと思い、なにか声をかけようと思った矢先、茜がはっと俺に気づいた。

「あ、お兄ちゃん……」

「………」
一、二秒、黙って見つめ合った。
どうした、なにかあったのか。そんなセリフが頭に浮かんだ。でも、俺は口にすることができなかった。

茜はそのまま視線を落とし、包丁で黙々となにかを切りはじめた。

居心地の悪い沈黙。

それで、気がついた。いつもなら茜は、『お兄ちゃん、もうすぐご飯できるよ』だの『今日はハンバーグとポテトサラダだよ』だのと声をかけてくる。でも今日はなにも言わない。

そうだ、俺はいつもそういうふうに、声をかけてもらっていた。

学校にも行かず、家のことも手伝わず、なんの役にも立たずに息をしているだけの兄、まともに会話もできない兄に、茜は毎日、こりずに話しかけてくれていたのだ。

そのとき、たぶん数ヶ月、もしかしたら数年ぶりに、俺もなにか手伝おうと思った。キッチンに入り、調理台の上を見たとき、俺は思わず動きを止めた。

「……おい、茜、これ……」

「——え？」

ゆっくりと振り向いた茜の前に並べられていたのは、ご飯茶碗につがれた味噌《みそ》汁と、漆《うるし》塗りの汁碗に山盛りに盛られた白米。食器が反対だ。しかも、家族の人数よりひとつ多い六人分。

「これ、茜がやったのか？」

「え……、あっ、ごめん！　ぼんやりしてた！」

やっと間違いに気づいたのか、茜は慌てた様子で汁碗のひとつを手に取った。でも、うまく持てずに取り落としそうになった。

あやういところでなんとか俺が手を伸ばして、汁碗をキャッチする。なんとかご飯はこぼれずにすんだ。久しぶりに反射神経を使った気がした。

「あ、わ、ごめん、今すぐやり直す、ごめん……」

何度も謝る茜に俺は首を振り、「やっとくよ」と声をかけた。

六つの茶碗に入った味噌汁を全て鍋の中に、汁椀に盛られた白米は炊飯器の中に、いったん戻す。食器を軽く洗ってふきんで拭き、汁椀に味噌汁を注《そそ》ぎ、茶碗にご飯を盛りつける。

その夜、疑念が確信に変わった。

やっぱり、茜がおかしい。

今までは、こんな凡ミスなどおかさないやつだった。兄の俺でもびっくりするくらい、なにをさせても完璧にこなすやつだったのに。

一体どうしてしまったのだろう。

なにか悩み事でもあるのだろうか。

それとなく声をかけてみようか。

心配で、ずっとそんなことを考えていた。

でも、不登校で引きこもりの兄から心配されても、迷惑なだけかもしれない。それだけならいいが、あるいは不愉快な、もしかしたら屈辱的な思いをさせてしまうかもしれない。そんな思いから、足踏みをしてしまう。

我ながら卑屈な考えだが、この状況では仕方がない。

本人にはなにも告げずに、こっそり様子を窺うだけの毎日が続いた。

そうこうしているうちに、茜の落ち込み方は、どんどんひどくなっていくように思われた。

心配だった。俺にそんな資格などないと分かっていても、今まで見たことがないほど塞ぎ込んだ様子の妹のことが、心配だった。

＊

それから数日後。

俺はいつものように、明け方までゲームをして、夕方に目を覚ました。

家族はまだ誰も帰宅していなかった。

薄暗い家の中をのっそりと移動し、キッチンで適当な食料を探したが、食指を動かされるものがなにもなかった。

こんなになんにもしていないのに、毎日腹だけは空くんだから、まったく皮肉なもんだよな。

そんな自嘲《じちょう》的なことを考えつつ、ほとんど手つかずのままの小遣いが入った財布を持って、家を出た。

目的地は、最寄りのコンビニだ。今現在、俺が唯一接点をもっている場所。広大な外の世界の中で、ここだけが俺の行ける場所だ。

この生活になってから俺は、家とコンビニの範囲内にしか生息していない。

店員に顔を覚えられたくないので、いつもフードを目深《まぶか》にかぶって入店する。外が暗くなってからしか来店しないフード男なんて、逆に目立ってしまうだろうから、同一人物であることは間違いなく認識されていると思うが、それはまあいい。素顔を知られていなければ、それでいい。

引きこもるようになって以来、俺は『個人として認識されるのが苦痛』だと感じるようになった。昔はそんなことを思ったことはなかったのに。

なるべく空気に近い存在でありたい。

誰にも俺が俺だと認識されたくない。

丹羽周也《しゅうや》という人間でいたくない。

記号のない人間でいたい。

世界から忘れ去られたい。

誰の目にも映らない存在になりたい。

自己肯定感やプライドを失うと、人はこんな心境になるのか――とたまに自分でも驚く。

順風満帆に生きていたころには想像もしなかった心情を、落ちぶれて初めて知る。

そういう意味では、見聞を広めるきっかけになったと言えなくもないのか。

そんなことをつらつらと考えながら、窓際の雑誌コーナーを見るともなく眺めていたとき、ふと窓の外に見知った人影を見つけた。

「……茜……？」

間違いない、茜だった。

高校の制服を着て、コンビニの前を足早に通り過ぎていく。

その手は、顔に着けたマスクに当てられていた。

少し俯きがちに、マスクの紐に指をかけ、さっと外す。そのまま斜め下を向いて歩いていく。

でも、向こうから人がやってくると、茜はすれ違う前にと急ぐような様子で、一度は外したマスクを再び元通りに着用した。

あれ、と違和感を覚える。

もしかして、今、顔を見られないようにマスクを着けたんじゃないか？

病気の予防などのためではなく、顔を隠すためのマスクなんじゃないか？

そんなふうに直感したのは、もしかしたら俺自身が、フードをかぶらないと外に出られないから、だったかもしれない。

素顔をさらすことになんの抵抗もない人間は、きっと、素顔を隠したいという思いを持つ人間を、理解できない。想像できない。

いつでも、誰にでも、なんの躊躇もなく素顔をさらせる人間だったら、きっとなにも気づかなかっただろう。

でも、俺は、分かってしまったのだ。

たぶん、茜は、マスクをしないと外に出られない。

素顔を人に見せたくないと思っている。

なぜ茜がそんなふうに思うのかは、もちろん俺には分からない。分かるはずがない。

いくら生まれたときから一緒にいたきょうだいでも、相手の考えていることは、当然ながら、九割以上は分からない。

分からないが、おそらく、美醜の問題、容姿に対するコンプレックスなどではないだろう。

茜は、少なくとも俺が知るかぎりでは、小中学生のころも、高校生になってからも、普通に素顔を出した状態で生活し、写真にも素顔で映っていた。

だから、茜が素顔を見せられなくなり、マスクを外せなくなっているとしたら、ここ最近のことなのではないか。

なにかあったのだ、たぶん。

茜の心を大きく揺さぶってしまうような、なにかが。

――ひとつだけ、心当たりがあった。

もしかして、あいつのことか?

あいつ——青磁。

あれはいつのことだったか。俺の今の生活は、あまりにも変化がないので、時間の感覚がだいぶ薄れているが、たぶん一、二ヶ月くらい前だったか。寒かった気がするので、十二月に入っていたかもしれない。

ある日の明け方、まだ外が暗い時間帯だった。寝る前の水分補給のためにキッチンへ行こうと階段を下りていたとき、玄関のほうで人の気配がした。

ふと見ると、茜がいた。外出着でバッグも持っていたので、どこかへ行くらしいと分かった。

『おはよう。ちょっと出かけてくるね』

茜は笑顔でそう言った。

あのころの茜はまだ、おかしな様子はなかったと思う。その朝はむしろ、いつもより機嫌がよさそうというか、わくわくしている様子だった。

なにか楽しい用事なのだろうと思った。ただ、あまりにも時間が早くて、外はまだ暗かったので、さすがに心配になった俺は、『ひとりで行くわけじゃないよな』と確認した。

茜は友達と一緒だと答え、でも少し気恥ずかしそうな顔でその相手は女の子ではないと言うので、なんだデートか、と悟った。

　そこであれこれ訊くのは野暮だと思い、すぐに退散したのだが、水を飲んでリビングを出て、二階の自室に戻ろうとしたとき、ちょうど茜が玄関のドアを閉めようとしているところだった。

　ああ、そういえばあのとき、いつの間にかマスクをしていたな、と思い出す。

　寒い時期だったし、冷え対策か感染予防だろうと気にも留めなかったが、もしかしたら、あのころからすでに、家族以外の人に会うときにはマスクが欠かせなかったのかもしれない。

　それはさておき、そのとき俺は、少し開いた玄関ドアの向こうに、懐かしい姿を見つけた。茜を迎えにきたらしい男。あれは間違いなく、青磁だった。

　小学生のときに入っていた少年サッカークラブでチームメイトだった、一学年下の青磁という少年。

　子どものころは真っ黒な髪をしていたが、そのときは脱色しきったような、白に近い銀髪になっていたので、少し驚いた。

　俺の記憶の中ではひょろひょろして小さかったが、ずいぶん背が伸びていた。

　それでも、顔を見ればすぐに青磁だと分かった。昔から、ちょっとびっくりするくらいきれいな顔立ちをしていたから、一度見たら忘れられないやつだった。

それと同時に、中学生のころ、小学校時代のチームメイトから又聞きしたある噂を思い出した。青磁が大きな病気をして長いこと入院しているらしい、というものだ。それからしばらくして聞いた続報は、手術をして無事に退院したものの、サッカーはやめてしまったらしいというものだった。

青磁はクラブの中でも群を抜いてうまかった。とにかく足が速くて、視野が広くて動きもよく、将来いい選手になるだろうなと思っていた。

だから、病気とはいえやめてしまったなんて、もったいないなと残念だったので、ちらっと聞いただけの噂だったけれど、よく覚えていた。

もしかして茜は、青磁の病気のことで、なにか思うところがあって、心のバランスが崩れてしまったんじゃないだろうか。

そうかもしれないし、そうじゃないかもしれない。

いずれにしろ、茜はおそらく、なにか大きなものを抱えているのだろう。

あの茜があんなふうになるくらいだから、それはきっと、ひとりでは抱えきれないほど重く、大きなものなのだろう。

あまりにも重くて、自力では解決できずにいて、だから最近ずっと様子がおかしかったのだろう。

それでも、茜は誰にも頼らず、ひとりで抱えているのだろう。

それはなぜか。

……俺のせいなんじゃないか？　兄がこんな頼りない状態だから、茜は『自分がしっかりしなきゃ』などと思って、誰にも相談できないのかもしれない。

たとえば、なにか両親に相談したいことがあっても、俺のことで頭を悩ませているであろう親たちにこれ以上の心労をかけてはいけないなどと考えて、打ち明けることができずにいる、とか。

ふいに、そう思いついてしまった。

はたから見ればなんでもうまく、そつなくこなしているように見える茜だって、実際にはなんでも軽々とこなせているわけではなくて、懸命に努力しているんじゃないか？　糸が切れる前の俺と同じように。

そして、頑張って頑張って頑張ってきて、今、茜の糸は、切れかけているんじゃないか？

もし本当にそうだったら、どうしよう。

茜の糸が、俺みたいにふっつり切れてしまう前に、どうにかしないと。なにかしないと。

ああ、俺がもっとしっかりしていたら、『どうした、なにがあった？　悩みがあるなら聞こう』とでも言えるのに。


こんな中途半端で宙ぶらりんな状態では、妹に兄貴風すら吹かせない。

だから、俺がしっかりしないと。

しっかりするには、どうすればいい？

＊

久しぶりに、先のことに目が向いた。

まずは今の状況をどうにかしないといけない。いつまでも立ち止まっているわけにはいかない。

でも、もう、あの学校に戻れる気はしない。今さら戻っても授業についていけないだろうし、そもそも一年生の単位や出席日数が足りず進級できていない俺は、もちろん前の友達と同じ学年には戻れない。つまり、ふたつ年下の知らない生徒たちと同じクラスで机を並べることになる。今の精神状態では、その状況に耐えられる気はしなかった。

それなら、どうする。そうだ、やめるしかない。

やめて、どうする。これから、どうする。

どんな道なら、俺に残されている？

『高校生　不登校　これから』

おそるおそる、ネットで検索してみた。

引きこもり、ニート、社会不適合者。そんな耳に痛すぎる言葉が羅列されているに違いないと想像すると恐ろしく、勇気が出なくて、今までは今後のことを調べることすらできていなかった。

でも、検索結果に出てきたページをいくつか開いて見てみると、意外にも、そんなきつい言葉が出てくることはなかった。

俺の予想とは違い、道はいくつもあった。

残された道どころか、いくつもの道が開かれていた。

休学や留年を経て、今の高校に復学して、卒業することも可能。課題や補講など、出席以外の処置で単位を取得できるようになっている学校も少なくない。

今の高校は合わなくても、他の学校なら通えそうであれば、全日制高校の編入試験を受けてもいい。

朝早く起きたり、日中に活動したりするのが苦手、あるいは昼間は働きたいというような場合は、夜間定時制に通うという選択肢もある。

外に出ることや毎日の通学が苦痛ならば、通学ペースを自分で選べる通信制高校に入るという道もある。

それらのどれも合わなくて、たとえ高校を中退しても、まだ他の道はある。年二回行われる〝高等学校卒業程度認定試験〟を受けて合格すれば、高卒として就職できるし、大学を受験する資格も得られる。

転学か退学かをまだ決められない場合は、気分を変えたり視野を広げたりするために、アルバイトをしてみるのもいい。

あれ？　そうなの？　と思わず首をひねった。

不登校になっても、こんなに何通りもの選択肢があるのか。

不思議な感覚だった。

みんなと同じように学校に行けなくなって、〝人生終わった〟と絶望していた。

険しい山道で足を滑らせ、崖っぷちで足を踏み外したような気持ちでいた。

こうなったら、あとはもう転がり落ちて谷底に沈む未来しかないと思っていた。

それなのに、意外にも、俺の人生はまだ〝終わっていない〟らしい。

ふいに、世界が広く、明るくなった気がした。

深く深く沈められていた泥水の瓶詰の中で、底を思いっきり蹴って、水面に向かって跳び上がった。そして、水面から手を伸ばし、瓶のふちをつかんだ。そんな気がした。

まだぎりぎりの崖っぷちにぶら下がったままだけれど、やっと外の空気を少し吸うことができた。


その夜、両親を呼んで、今後のことを相談してみた。

今後のことを少し調べてみた。そしたらこういう道や、ああいう道があるらしい、父さんと母さんはどの道がいいと思うか。

そう話してみたら、母さんは両手で顔を覆って泣いた。父さんも涙ぐみながら、柔らかく微笑んだ。

「周也くんはどうしたいんだい？」

そう問い返されて、俺は少し俯いた。

「……まだ、」

いきなり目の前に出現したいくつもの選択肢。

ずっと立ち止まっていた俺は、突然提示されたそれらを前にして、まだ唖然としている状態で、どれかひとつを選ぶことはできずにいた。

「まだ、ちょっと分からない……」

俺が呟くと、そうか、と父さんはゆっくり頷いた。

「お母さんや僕に決めてほしいかい？」

父さんの言葉に、俺は首を横に振った。

「自分のことだから、自分で決めたほうがいいと、思う」

ぼそぼそと答えると、父さんは妙に嬉しそうに笑った。

「そうかい。うん、そうか。うん」

噛みしめるように繰り返す父さんの隣で、母さんも泣きながら笑った。

ふたりは、なんとも言いようのないあたたかい眼差しで、俺を見つめていた。

「じゃあ、たくさん悩んで、とことん考えて、ゆっくり決めればいいよ。僕たちは待ってるから。そして、もしも周也くんが自分で行く道を決めたら、教えてくれ。僕たちはそれを全力で応援するから」

僕たち、という言い方を迷いなく父さんがしたので、父さんと母さんの考えはまとまっているのだと分かった。

きっと、ずっと、ふたりで俺のことを話し合ってくれていたのだろう。

俺が自分で動き出せるようになるまで、その気力が回復するまで、父さんたちはなにも言わずに待って、もしも俺が動き出したらサポートしようと決めてくれていたのだろう。

母さんは、最初の夫、俺と茜の実の父親を早くに亡くしてから、俺たちを女手ひとつで育ててくれた。今も朝から夜までばりばり働いている。

まるで泳ぐのをやめたら死ぬ魚みたいに、いつも忙しそうに動き回っているせっかちな性格の母さんだけれど、でも、不登校になった俺に対して、問い詰めるようなことや急かすようなことは一度も言わずにいてくれた。

父さんは、母さんの再婚相手で、俺と茜とは血こそつながっていないものの、いつでもまっすぐ、真正面から俺たちに向き合ってくれている。さすがせっかちな母さんと結婚するだけのことはある、と拍手したくなるくらい、穏やかでおおらかで寛容な人だ。

両親がこのふたりでなかったら、俺は今、どうなっていただろう。

「――ありがとう」

気がつくと、俺は泣きながらそう呟いていた。

我ながら情けないくらいの涙声だった。

母さんの前で泣いたのは、保育園児ぶりくらいかもしれない。父さんに涙を見せるのは、もちろん初めてだ。

ぼろぼろ涙を流しながら、俺はふたりに頭を下げる。

「立ち止まってしまった俺を……」

そう言った瞬間、これまで二年間の苦悩や葛藤が一気に甦ってきて、苦しくなった。

喉の奥がぎゅうっと痛くなって、うまく声を出すことができない。

でも、大事なことだから、すごくすごく大事なことだから、自分を叱咤激励して、なんとか声を絞り出した。

「……待っていてくれて、なにも訊かないでいてくれて、急かさないでいてくれて、ありがとう。本当にありがとう」

急かされて、追い詰められて選んだ道と、自ら顔を上げて自分の意志で選んだ道とでは、たとえ同じ道だとしても、見え方がきっと全然違う。

「たくさん、たくさん考える。そして、決めたら、すぐに報告するよ」

父さんと母さんは、何度も何度も頷いた。

そして、「頑張れ」、「頑張ろう」と囁《ささや》くように言った。

＊

翌日、午後の遅い時間に目が覚めた。

まだ夕方と呼んでいい時間だったけれど、窓の外を見ると、冬の空はすでに薄暗い。家は静かだった。誰もいないようだ。

しばらく天井をぼんやりと眺めていた。

進路を決める前に、まずはこの崩れきった生活リズムをなんとかしないといけないなと思う。

物音ひとつしない一階に下りて、真っ暗なリビングに入って照明をつけたら、ソファの上に茜が転がっていた。

てっきり誰もいないと思い込んでいたので、驚きのあまり「うおっ」と声を上げてしまった。

茜が俺の声に反応して、ぼんやりとこちらを振り向く。

その顔は、今まで以上に暗い色に沈んでいた。

身に覚えのある表情だった。

苦しくて苦しくてたまらないのに、誰にも助けを求めることができず、自分の気持ちを吐き出すこともできず、自らずぶずぶと泥水の底に沈んでいった俺も、きっと同じ表情をしていた。

なんだよ。どうしたんだよ。

胸の底から突き上げるような、言葉にならない感情が込み上げてきた。

だめだよ、そんな顔するなよ。

そうだよな。妹がこんな顔してるんだから、兄ちゃんが、助けてやらなきゃな。

その瞬間、気づくと大きく息を吸い込んでいた。

こんなに深く呼吸できたのは、いつぶりだろう。

学校に行けなくなってしまってから、これまでずっと、浅い呼吸しかできずにいた気がした。

泥水の瓶から、とうとう脱け出したのが、自分でも分かった。

「——俺、高校やめることにした」

無意識のうちに、そう口にしていた。

茜が驚いたように目を見開いた。

本当はまだ今後のことは決めきれずにいたのに、まるで前から決心していたかのような口調になってしまった。

まあ、いいか、と思う。

妹の前だし、しっかりした兄だと思って安心してもらえるようにならないといけないし、この際、背に腹は代えられないということで、ちょっとだけ格好をつけさせてもらうことにする。

実際、今まさに、心が決まったのだ。

高校は、やめる。

俺にはもう、今さらあの場所に戻る勇気も気力も、以前のように頑張れる自信も、ないから。

それでも、勉強自体は好きだし、まだまだ知りたいことや学びたいことがあるから、自分のペースで勉強を続けることにして、

「高卒認定試験受けて大学に行くよ」

受験しても合格できるかなんて分からないのに、まるで確定事項のように、そう言った。

言ってしまったからには、なんとしてでも実現しないといけないな、と心の中で少し苦く笑う。

「……もう終わりにするって決めたんだ。父さんと母さんにも話して、了解もらったよ」

茜はまだ呆然と俺を見上げている。

その顔を見ながら俺は、そりゃそうだよな、と客観的に思う。

これまで二年以上も自室に引きこもって、家族ともまともに会話せずに鬱々としていたのに、突然こんなことを言い出しても、にわかには信じがたいだろう。

たしかに唐突だけど、でも、これは、茜のおかげなんだ。

茜のおかげで、顔を上げて、前を向いて、立ち上がろうという気力が、湧いてきたんだ。

俺の妹でいてくれて、ありがとう。なんてこっぱずかしいことは、さすがに口に出しては言えないけれど。

本当に、感謝してるんだ。

だから、今度は、俺がお前を助ける番だ。

「――お前がそんなふうにへこんでるのは……」


さあ、次はお前の番だ。

心の中で語りかける。

次はお前が立ち上がる番だよ。

兄ちゃんが手を引いてやる。

だから、頑張って、浮き上がれ。

そして、脱け出せ。

自分の足で、踏ん張れ。

兄ちゃんはそれを全力で応援するよ。

まあ、大丈夫だよ。
お前ならできるよ。
俺よりも、よっぽどすごい力を持ってるんだから。
一緒に頑張ろうな。
俺たちは、これからも、生きていくんだから。

4　通学路　―丹羽玲奈　十歳―

＊

「……はあ、行きたくない」

朝、ベッドの上で目が覚めて、今日は平日で、学校がある日だと気がついた瞬間、そんな呟きが口から飛び出した。

「学校、行きたくないなあ……」

まさかこんなことになるなんて、学校に行きたくないと思う日が来るなんて、自分でもびっくりだ。

だって、私は昔から、学校が大好きだった。

保育園の年中さんのときから、『はやくしょうがくせいになりたいよー』だとか、『いちねんせいになったら、ともだちひゃくにんつくるんだよ！』などと毎日のように言っていて、親やおねえちゃんには呆れられていたくらいだった。

実際、入学したら毎日毎日楽しかった。

毎日友達と会って遊べるのが嬉しくて、勉強して色々覚えるのも楽しくて、毎朝家を飛び出すようにして学校に通っていた。

土日のお休みも『早く学校行きたいな』と思っていたし、夏休みなんて退屈で退屈で仕方がなく、出校日や始業式の日まであと何日か、カウントダウンをしていた。

それが三年生の最後までずっと続いた。

そんな私が、まさか、四年生に上がってからたったの二ヶ月で、こんなことになるなんて。

だって、最近、楽しくないのだ。

あんなに楽しみだった学校が、ユーウツでユーウツで仕方がなくなってしまった。

「はあ……行くかあ」

そう声を上げることでなんとか自分を励まし、無理やり気合いを入れて、ベッドから起き上がる。

部屋を出てのろのろと廊下を歩き、のろのろと階段を下り、のろのろと洗面所に向かう。

三年生のころまでは、とにかく早く家を出たくて、廊下を走って階段を駆け下りて、危ないよとか静かにしなさいとか叱られていたくらいだったのに。

顔を洗ってダイニングに入ると、お母さんがキッチンでばたばたと動いていた。

「おはよー……」

声をかけると、お母さんはちらりとこちらを見て「おはよう」と返した。

なんだか忙しそうだ。手もとを覗き込んでみると、お弁当を作っているらしい。

「同僚がお子さんの発熱で急に休むことになってね、お母さん早番で出ることになっちゃったから、時間ないのよ。玲奈、朝ご飯、自分で適当に食べてちょうだい」

「はあい……」

「ご飯は炊飯器の中、パンは棚の上、おかずは冷蔵庫の中にあるから、なんでも好きなの食べて」

「はあい……」

すぐには動く気になれなくて、とりあえずリビングのソファに座り、興味もない朝の情報番組をぼんやり眺めていると、お母さんが「ちょっと」と声を鋭くした。

「こら、玲奈、なにぼーっとしてるの」

「………」

「ちゃんと時計見ながら動きなさいよ？　もう四年生なんだから、お母さんいちいちお世話しないからね？」

言いたいことは分かるけれど、なんだか嫌みな言い方だ。そんなふうに言われると、私のほうだって、いらっとしてしまう。

お母さんも時間がなくて焦っていて気が立っているのかもしれないけれど、朝からそんな言い方しなくていいじゃん、と思ってしまう。

「分かってるよ……うるさいなあ」

　お母さんに聞こえないくらいに小さい声で言ったはずだけれど、たぶん表情から、反抗的な発言をしたというのは伝わってしまったようで、お母さんがむっとした顔をした。

「なによ、まったくもう。反抗期なの？」

　独り言のようにぶつぶつ言いながら、お母さんが背後を通り過ぎていく。

「お兄ちゃんとお姉ちゃんは、親に向かってそんな生意気なこと言わなかったのに、玲奈はすぐ反抗的なこと言うんだから……」

　私はさらにむっとした。

　また、お兄ちゃんとお姉ちゃんの話。嫌になる。

　お母さんは、なにかあるとすぐに、私とお兄ちゃんお姉ちゃんを比べてくる。そんなの、私のほうがだめに決まっているのに。

　そもそも、お兄ちゃんとお姉ちゃんは私とはかなり年が離れていて、お兄ちゃんは二十三歳、お姉ちゃんは二十二歳、もう完全に大人だ。

　私が物心ついたころには、ふたりとも中学生や高校生だった。二、三歳児だった私から見れば、そのときから〝大きい人〟というイメージだった。

　だから私は、すでに子どもっぽさなんて残っていないお兄ちゃんたちの姿しか知らないのだ。

それもあってか、お姉ちゃんたちと比べられること自体が、私にとっては、なんというか、すごく不満だった。

そんな私の気持ちに気づかず、お母さんはまだなにかぶつぶつ言っている。

「なんでかしらねえ、やっぱり末っ子だからかしら。甘やかしすぎちゃったかしらねえ……」

溜め息まじりの捨てゼリフに、私の苛立《いらだ》ちは頂点に達した。

目の前のリモコンをがっと手に取って、赤い電源ボタンを無駄に連打し、能天気な曲を垂れ流しているテレビを消す。

それから、リモコンを放り投げるようにしてテーブルの上に戻した。苛々しているのだと伝えるために、わざと音を立てた。

「ちょっと、壊れたらどうするのよ！」

お母さんは、眉をひそめて鋭く言うと、まるで私の行動にやり返すように、大きめの音でドアを閉め、リビングから出ていく。

「……はあ！　もう！」

ひとりになったリビングの真ん中で、私は天井に向かって叫んだ。

「いらいらするー！」

朝からこんなぎすぎすした雰囲気にしないでほしい。

ただでさえ学校に行くのがユーウツで気が重いのに、登校する気力が完全になくなってしまった。

「やだあー、もう……行きたくない……」

誰もいないのをいいことに、ソファの上にぼすんと寝転がる。

朝からこんなふうにだらける姿を見られたら、とんでもない小言を言われるに違いない。

でも、こんな気分のときにきびきびしゃっきりとなんて、できるわけがない。

そんなことを考えながらだらだらしていたら、

「あれっ、玲奈。どうしたの」

洗面所につながるドアが開き、お姉ちゃんが顔を出した。

ソファの上の私を見て、目を丸くしている。

「……おはよー、お姉ちゃん……」

「おはよ、玲奈」

お姉ちゃんは、着替えもお化粧もすでにばっちり終わっていて、もう家を出るのだろうと思った。

大学の授業が朝一からあるのか、それとも朝からカフェのアルバイトのシフトが入っているのか。就活というやつかも、と一瞬思ったけれど、スーツ姿ではないので違うか、と思い直した。

『四年生になったから就活が本格化して忙しくなる』と四月に言っていた通り、最近は週に一回はスーツで朝早くに出ていく。

ちなみにお兄ちゃんは、年はお姉ちゃんのひとつ上なのだけれど、高校生のときに学校をしばらく休んでいた関係で、お姉ちゃんと同じ年に大学を受験し、理学部というところに入ったのだという。だから、お姉ちゃんと同じく四年生なのだけれど、『もっと専門的な勉強をしたい』ということで、今は就職活動ではなく、大学院進学を目指して猛勉強中らしい。

「お姉ちゃん、今日は学校？　バイト？」

「えっとねえ、授業はないんだけど、卒業論文のことで教授とゼミ生の集まりがあって、九時までに研究室に行かないといけないんだ」

私の質問に、お姉ちゃんは丁寧に答えてくれるけれど、正直、よく分からなかった。卒論とかゼミとか研究室とか、お兄ちゃんやお姉ちゃんからよく聞く単語だけれど、まったくイメージが湧かない。

大学生のスケジュールは、不思議だ。私のような小学生とは違って、家を出る時間も毎日違うし（なんと昼過ぎに出ていくこともあるらしい）、家を出る理由も授業だったりバイトだったりするし、平日なのに朝から晩までずっと家にいる日もある。なんだか毎日ばらばらで、大学生は一体どんな生活をしているのか、私にはよく分からない。

変化のある生活、刺激的な毎日。

いいなあ、楽しそう。私も早く大学生になりたい。

だって、私なんて、毎日毎日コピペしたようにカワリバエしないおんなじ生活だ。毎朝七時に目覚ましが鳴って、七時五十分に家を出る。帰宅は午後三時五十分。毎日毎日、その繰り返しだ。

なんてつまらない生活なんだ。

あーあ、三年生まではそんなこと思わなかったのに。〝カワリバエ〟なんて言葉を、ちょっと背伸びして手に取ってみたお姉ちゃんの文庫本で覚えたりしなければ、変化のない日々をユーウツに思ったりもしなかったんだろうか。

「ねえ、玲奈。時間は大丈夫？」

キッチンでコップに水を注ぎながら、お姉ちゃんが壁掛け時計をちらりと見て、私に訊ねてきた。

私もつられて時計に目をやり、思わずひっと声を上げる。もうあと五分で家を出ないといけない時間になっていた。

「全然大丈夫じゃない！　やばい！」

今日は早めに目が覚めたから、時間には余裕があると思って油断していた。完全にだらけすぎてしまった。

「あらら。急げ急げ！」

お姉ちゃんはおかしそうに笑いながら言った。

「急ぐー！」

「でも、急ぎすぎて転んで怪我したりしないようにね」

「はあい！」

お姉ちゃんは優しいから、こういうとき、お母さんみたいに口うるさく叱ったりはしない。真面目できちっとしている人だけれど、それを他人に押しつけたりはしないのだ。

お兄ちゃんたちはお父さんとは血がつながっていないらしいけど、なぜかお姉ちゃんは、せっかちなお母さんよりもおっとりしたお父さんのほうに似ている気がする。不思議だ。

それにしても、とりあえず、時間がない。まだ着替えていなくてパジャマ姿のままだし、持ち物の最終チェックもしていない。のんきに朝ご飯を食べる時間なんて、どう考えてもなかった。

まいっか、一日くらい朝ご飯を食べなくたって死ぬわけじゃないし。あと四時間ちょっとで給食の時間だし。

ばたばたと用意をしながら、『こんなに学校に行きたくないのに、なんで私、わざわざ朝食を抜いてまで、慌てて登校の準備をしているんだろう』と、むなしい気持ちになった。

むなしい、という言葉は最近新しく覚えた言葉だけれど、すごく便利というか、使える言葉だと思う。

むなしいという言葉を知ってしまったら、私の今の気持ちはまさに〝むなしい〟という言葉でしか表現できない気がする。

楽しかった学校が嫌になって、むなしい。

朝っぱらからお母さんに小言を言われて、むなしい。

お姉ちゃんたちに比べてつまらない毎日で、むなしい。

そこまでして嫌な学校に行かなきゃいけないのが、むなしい。

むなしいという言葉を知る前の私は、この気持ちをどう表現していただろう。

もしかしたら、むなしいという言葉を覚えたせいで、むなしい気持ちになりやすくなってしまったのかな。

ということは、たくさん勉強してたくさん言葉を覚えたら、そのぶん嫌な気持ちも増えていくのかも。

これ、ただの思いつきだけど、けっこういい線いってるんじゃないか?

だって、私は最近、〝憎たらしい〟という言葉も覚えて、まさにそういう気持ちを感じる瞬間が増えた気がするから。

ああ、憎たらしい、憎たらしい。

なにがというわけではないけれど、たまに、なにもかもが憎たらしく思えてしまう。

でも、そんな自分がいちばん、憎たらしかった。

*

ばたばたと家の玄関ドアを閉めて、門から外へと飛び出した瞬間、「あ、玲奈」と聞こえてきた。

その声だけで、誰が呼びかけてきたのかは、もちろんすぐに分かった。

だからこそ私は、聞こえないふりをすることに決める。

声のしたほうを見ないようにして、登校班の集合場所に向かって、すたすたと歩き出すと、ばたばたと追いかける落ち着きのない足音が聞こえてきた。足音だけで落ち着きがないと分かるところが、本当に相変わらずだ。

もっと近づいてくると、かちゃかちゃという音も聞こえてくる。それで、誰なのかは間違いなく確信できる。

「おーい、玲奈！」

「…………」

「ん？　聞こえないのか？」

そんな馬鹿みたいな大声なのに、聞こえないわけないじゃん。わざと無視してるんだよ、気づいてよ。

そして、ちょっとはこっちの気持ちにも気づいてほしい。ほんっと〝憎たらしい〟やつ。

「おーい、れーなー！」

「…………」

「れーなれーなれーなー」

無視の甲斐《かい》なくしつこく繰り返されて、これじゃ逆に目立っちゃうじゃん、とむかついて、私はとうとうがばっと振り向いた。

「もー！　ちょっと、風馬《ふうま》！　……じゃなかった、青木《あおき》！　私に話しかけないでっていっつも言ってんじゃん！」

そこに立っているのは、私の言葉にきょとんと目を丸くしているひとりの男子。

青木風馬。私の幼なじみだ。

物心がつく前から隣どうしの家に住んでいて、保育園も一緒で、保育園のクラスも一緒で、もちろん小学校も一緒、小学校のクラスも一年、二年、四年生で同じという、奇跡的な縁の深さなのだ。

こういう関係を〝腐れ縁〟というらしい。これは去年、友達に貸してもらった漫画で覚えた。

「なんで話しかけたらいけないんだよー」

風馬がむすっとした顔で言う。

「てかさー、どうせ同じとこから同じとこに行くんだから、一緒に行けばよくね？なんでひとりで行くんだよ」

「だから、それはー……」

理由を説明しようとしたけれど、どうせこいつは説明を聞いても分からないだろうと思って、やめた。

「ていうか、玲奈さー」

「だから、その呼び方もやめてってば」

風馬がついてきて隣を歩き、普通に話しかけてくるので、結局一緒に歩く形になっていて、私はかなりそわそわしていた。

「私たちもう四年生なんだよ？　男子と女子が名前で呼んでたらおかしいでしょ。ちゃんと苗字で呼んでよ。他の子たちもそうしてるじゃん」

「えー？『おーい、丹羽』って？」

風馬が納得できないというように唇を尖らせる。

「でもさあ、お前んちの父ちゃんも母ちゃんも、兄ちゃんも姉ちゃんも、みーんな〝丹羽〟じゃん」

「そりゃそうでしょ……」

「なのに、玲奈のことだけ丹羽って呼ぶの変じゃね？　つーかさ、これまでずーっと玲奈って呼んできたのに、今さら変えるのも、めっちゃ変じゃね？」

「……まあ、言いたいことは分かるけど、分かるんだけどー……」

私も昔から、青木家の全員、風馬の両親もきょうだいもよく知っているから、風馬のことだけを〝青木〟と呼ぶのは、正直、ものすごく違和感がある。

さらに、幼いころからまるで同い年のきょうだいみたいに育ってきて、当たり前のように風馬風馬と呼んできたのに、そんな相手を今さら青木と呼ぶなんて、言いながら毎回ぞわぞわする。

だから、私だって、できれば、呼び方を変えたりなんか、したくない。

でも、そうしないと――。

「てか、お前もさっき、風馬って呼んでたじゃん」

「……っ、それは！　……ていうか、ちゃんと青木って言い直したでしょ」

「でもさあ、つーことはさー、頭ん中ではさー……」

「……っ！」

たしかに私はいまだに、頭の中では風馬風馬と呼んでしまっている。

だから、口に出して呼ばないといけないときは、かなり気をつけて注意して青木と言っているのだ。

たまに間違えて風馬と言ってしまうことも、そりゃあ、あるけど。

「……あーもー、うるさい！」

登校班の集合場所が見えてきていたので、これ以上ふたりで話しているわけにはいかないと私は焦り、風馬の言葉を遮った。

「いいからもう黙って！」

集合場所は坂の上を登り切ったところなので、向こうからはこっちは見えにくいはずだけれど、もしも見られたら。なにか聞かれたら。

「私、先に行くから！　風馬……じゃなかった青木は、あとから歩いてきてよね！

あ、ゆっくりだよ？　絶対走んないでよ!?」

何度も念を押し、風馬が不満そうな顔をしつつもちゃんと歩くスピードを緩めたのを確かめて、私は小走りに坂を駆け上がった。

＊

「玲奈ちゃん、おはよー！」

坂道を上がりきったところで、同じ四年生の美姫《みき》ちゃんが私に気づいて、こちらに笑顔で手を振った。

「おはよー！」

私も笑顔で手を振り返す。そうしながらも、風馬がちゃんと距離をとってくれているか不安で、ちらりと振り向いた。

よし、大丈夫。見える場所にはいるけど、一緒に来たとは思われない絶妙な距離感。

風馬、よくやった。やればできるじゃん。

「あっ、ふーまくん来た！」

「おはよー、ふーまくん！」

「おう、おはよー」

風馬が現れると、一、二年生の男子たちがわらわらと集まってくる。そして風馬はにこにこと挨拶を返す。

二年生に後ろからどつかれて、「やりやがったな！」と追いかけてはがいじめにする風馬に、みんなが大笑いしている。

風馬は昔から、年下の男の子たちに人気だ。たぶん、精神年齢が近いからだろう。こうやって見ていても、同じ年どうしでわちゃわちゃしているようにしか見えないからおかしい。

全員そろったので、みんなで学校に向かって歩き出した。

先頭は六年生、いちばん後ろは五年生だ。

私たち四年生は真ん中で、低学年の子たちが危ないことをしないか、注意して見ておきなさいと、先生や親たちから言われてはいるのだけれど。

「なあなあ風馬くん、グリコしようぜ！」

「おー、いいな！　やろやろ！」

風馬も四年生なのに、そんなことはすっかり忘れているようで、下級生の男子を集めてじゃんけんを始める。

歩道いっぱいに広がってわいわいがやがや騒ぎ出した男子集団を見て、美姫ちゃんが顔をしかめた。

「もう、ほんと、男子ってなんであんなに子どもなんだろ。道路であんな騒いだらだめじゃん、ねえ？」

「だよねー」

私は〝いい感じの笑顔〟を浮かべつつ頷く。

美姫ちゃんの言葉はさらに続く。

「男子ってほんとうるさいし、下品だし、雑だし、ほんとやだー」

「だよねー。……」

笑顔、笑顔、笑顔。

ここで『私はそうは思わないけど』なんて言ったら、どうなることか。もう、さすがに学んだ。

十分ほど歩いて、通学路の半分を越えたあたりで、だいたい毎朝、他の登校班と合流する。

「ちょっと、男子！」

聞き慣れた注意の声に、私はぱっと振り向く。

向こうの班で、同じクラスの直子《なおこ》ちゃんが、こちらを見て眉を吊《つ》り上げていた。こちらというか、まっすぐに風馬を見ている。

「通学路で遊ぶなって先生にいつも言われてるでしょ！」

「へいへーい」

風馬が頭をかきながら応えた。悪いとはまったく思っていなさそうだ。相変わらずなやつ。

「ったく、毎日毎日ふざけてばっかりで、ちょっとは成長したら？」

あいつこわー、と二年生の男子が小さく言うと、風馬は「こら、そんな言い方すんな」といさめる。

直子ちゃんはしっかり者で、頭もよくて、かっこいい女の子だ。

ただ、自分にも他人にも厳しいタイプなので、ルール違反をしたり、誰かに迷惑をかけるようなことをしたりしている人を見つけると、必ず容赦なく怒るし、すぐに先生にも言いつける。

だから、男子たちからは怖がられているし、一部の男子からは『チクリ女』だとか呼ばれている。

チクられたら困るようなことをしているほうが悪いじゃん、と私は思うんだけど。

でも、私だって、お母さんに怒られると分かっていても、だらけたり、文句を言ったりしてしまうので、気持ちが分からないでもない。

「ほんっと男子って馬鹿だよね」

直子ちゃんが美姫ちゃんに話しかける。

「分かる！　同い年とは思えないよね」

「十年も生きてきて、なんであんなガキなんだろ？」

「ほんとそれ！　一年生からやり直してこい！　みたいな」

直子ちゃんと美姫ちゃんが呆れたように話しているその輪に、私ももちろん入っている。

同じ学年で、同じ女子だから、くっついていないとおかしい。

同じ輪の中にいないとおかしい。

〝仲良し〟グループなら、片時も離れず、ずーっと一緒にいないとおかしい。

おかしい子——おかしいと思われた子は、おかしい子という扱いをされることになる。

以前の私は、そのとき話したい人に、話したいことを話していた。そこには別に年齢も性別も関係ないと思っていた。

けれど、それじゃだめだと気づいた、気づかされたのだ。

話したい人といつでも話していいわけじゃないし、言いたいことはなんでも言っていいわけじゃない。

これが私の、学校に行くのがユーウツになった理由だ。

小学生になってから、だんだん男女の区別が出てきた。

保育園のころは、どの女の子も普通に仲良しの男の子がいて、一緒に追いかけっこをしたり、お絵描きや折り紙遊びをしたりしていたはずなのに、小学校に入るとなぜか、女子は女子で、男子は男子で固まるようになった。それでも休み時間の鬼ごっこやドッジボールは男女混合で遊んでいたけれど、三年生になったころから、男子は男子だけで集まって外遊びをし、女子は女子だけで教室で集まっておしゃべりをするようになった。

でも私は、可愛いシールや手作りアクセサリーを交換したり、好きなアイドルやモデルの話をしたりするより、外で遊ぶほうが好きだった。だから、休み時間も男子に交じって走り回っていた。

すると、一部の女子から、いきなり『ぶりっ子』と呼ばれるようになって、本気でびっくりした。

わけが分からなくて唖然としていたら、直子ちゃんがその女子たちに『陰口言っちゃだめ!』と怒ったあと、私を手招きして言った。

『玲奈ちゃんも、よくないよ、男子とばっかり遊んで。だから、女子に嫌われちゃうんだよ』

それで、さらにびっくりした。

私って、嫌われてるの？　男子と遊んでるから？

なんで男子と遊んだだけで女子から嫌われるんだろう。

分からなかったけれど、私なりに考えてみた。

女子たちは、よく『これだから男子は……』と呆れたように言っていたし、どうやら男子全員のことが嫌いらしい。

それで、自分の嫌いな存在と仲良くしている私のことも嫌いになった、ということか。
一、二年生のころは、男女関係なく、仲良しかどうかも関係なく、その場にいる全員で遊ぶことも多かった。それなのに、いつの間にか、女子は仲良しの女子どうし、少人数で固まってグループを作るようになり、他の女子グループや男子たちとは距離を置くようになった。
私も、いつも一緒にいる仲良しグループ以外の子と話していたら、グループの子たちに突然呼び出されて、

『他のグループの子とばっか仲良くしてるのなんで？』

『うちのグループ抜けたいなら抜ければいいじゃん』

などと攻撃的な感じでいきなり言われて、びっくりした。

心当たりがないわけじゃなかったけれど、たまにしゃべるくらいだったし、そんなにべったり仲良くしていたわけでもないのに、なんでそんなことを言われなきゃいけないんだろうと思った。

他のグループとは一言も口をきくなっていうこと？　そんなの無理でしょ。というか、そこまでソクバクされる意味が分からないんですけど（〝ソクバク〟は、そのころお母さんがはまって見ていたドラマで覚えた言葉だった。ソクバクするような男はロンガイよ、絶対ありえない、とお母さんは言っていたので、ソクバクというのはかなり悪い意味なのだろうと思う）。

理由が分かっても、結局わけが分からず、呆然としていたら、美姫ちゃんがこそっと教えてくれた。

『玲奈ちゃん、青木くんと仲がいいから、みんなからシットされてるんだよ』

私はさらにびっくりして、『えっ⁉』と声を上げてしまった。

『青木って、風馬のこと？　えー、仲いいっていうか、幼なじみだから普通にしゃべるだけだけど……』

『その、ほら、そうやって、下の名前で呼んでるでしょ』

美姫ちゃんは言いにくそうに指摘した。

『普通は男子のこと下の名前で呼ばないじゃん。だから「仲良しアピールしてる」とか、「他の子にとられないようにバリア張ってるつもりじゃない？」とか、言われてるみたい』

『とられないようにって……そんなこと思ってないし、そもそも風馬のこと自分のものなんて思ってないし、ていうか風馬はものじゃないし』

『でも、ほら……青木くんって、人気だから』

美姫ちゃんはひそひそ声で教えてくれたけれど、私は驚きのあまり大きな声で繰り返してしまった。

『へっ？　人気？　風馬が？』

意味が分からないことばかりで、パニックになりそうだった。

美姫ちゃんによると、どうやら風馬は、〝足が速くてかっこいい〟し、〝明るくて面白くて誰とでも仲良くなれる〟人気者で、だから風馬のことは、誰も〝ひとりじめしちゃだめ〟らしい。

女子は〝みんな〟そう思っているのだという（みんなってなんだ。私は思ってないんですけど）。

それなのに、私はひとり、風馬のことを呼び捨てで『風馬』と呼んだり、ことあるごとに話しかけているから、〝仲良しアピール〟をして風馬を〝ひとりじめ〟したり〝抜け駆け〟したりしようとしていると思われていて、なんだよアイツ、的な目で見られているらしかった。

本当に本当にびっくりした。

まったく心当たりがないし、なんでそんなことで嫌みを言われなくちゃいけないのかも納得いかないし。

そもそも、私から見たら風馬なんてまだ保育園児に毛が生えたようなものなのに、いつの間にやらそんなに人気者になっているなんて、心底びっくりだった、耳を疑ってしまった。

そんな感想を正直に言ったら、美姫ちゃんは困ったような顔で答えた。

『なんていうか、そういう言い方も、ちょっと、ひとりじめっぽいって思われてるかも……自分は青木くんのこと昔からよく知ってるって自慢してるみたい、って思われそう、というか……』

『ええー……』

だって、小さいころからずっと一緒に育ってきたし、私からすれば年の離れたお兄ちゃんお姉ちゃんよりも、風馬のほうが〝きょうだい〟という感じがするのだ。

実際に昔からよく知ってるのに、それを言ったり態度に出したりしたらいけないっ

てこと？　なにそれ、そんなの、もう、風馬の話をするな、風馬としゃべるなってい
うことじゃん。すごいフジョーリじゃない？
納得できない思いはありつつも、それ以来私は、なんだか急に、風馬と関わるのが
怖くなった。
風馬としゃべるだけで他の女子から嫌われるくらいなら、周りに気をつかってびく
びくしながら風馬と話すくらいなら、これからは風馬とはもう話さないと決めてし
まったほうが、気が楽だった。風馬には申し訳ないけれど。
それを、理由は言わずに（言えずに）、
『風馬とはもう話さない、風馬も話しかけてこないで』
と伝えたのが、一ヶ月くらい前のこと。
でも、そのとき風馬は顔をしかめて唇を尖らせ、
『は？　なんで？　俺としゃべるの嫌ってこと？』
そんなふうに訊き返されて、
『いや、そういうわけじゃないけど……』
さすがに『嫌』という言葉は強すぎる気がして言えなくて、そう答えてしまったの
が、今思えばよくなかった。
『なんだよ、それ。意味分かんねんだけど。じゃあフツーに話すし』

風馬はそう言って、そのあとも本当に普通に話しかけてきた。

まったく、にぶいというか、のんきというか。

でも、風馬はもともとそういうやつなのだ。

男子の中には、大声で『女子うぜー』と言ったり、直子ちゃんみたいなしっかり者になにかとつっかかったり、ニヤニヤしながら女子の悪口を言ったりする人も多い。

そこまではなくても、女子にはまったく話しかけずに男子だけで固まっている人がほとんどだった。

そんな中で、風馬は普通に女子と話すし、変わっているといえば変わっている存在だった。

『女子と普通に話せる男子って、大人っぽくてかっこいいよね』

なんて言っている女子も一部いるけれど、〝大人〟なんて、とんでもない。

私は知っている。風馬は、まだ精神的には保育園児レベルに幼いやつだから、男子とか女子とかどうでもいいというか、よく分かっていないのだ。

要するに風馬は、女子と話すのが恥ずかしいとか、女子と仲良くしているのを見られたら馬鹿にされるとか、女子に対して強く出られないと男じゃないとか、そういう他の男子みたいな考えはまったくなくて、誰にでも人懐っこく話しかける、〝人類みんなお友達〟みたいな感覚のやつなのだ。

そういうところは、けっこういいやつだなと思っていたのだけれど、もう話しかけないでと言っている私に毎朝しつこく声をかけてくるのは、本当にやめてほしい。そんな姿を見られてあれこれ言われてしまうのは私なんだから。

とにかく私は、風馬のことをきっかけに、一部の女子とちょっとぎすぎすしてしまって、でも風馬のことだけでなく他のところでもなんだかんだあって、だんだんクラスでの居心地が悪くなってきてしまったのだ。

そんなこんなで、前はわくわくする道だったこの通学路が、今は地獄への道みたいに、暗くて重苦しい感じがしてしまうのだ。

行きは、これから学校に行かなきゃいけないという気持ちで暗く、帰りは、明日もまた学校に行かなきゃいけないという気持ちで暗くなる。

「はあ……」

思わず大きな溜め息を吐き出したら、前を歩いていた風馬がぱっと振り向き、

「どした？　腹痛えの？　便秘？」

と訊いてきた。

私は思いっきり顔をしかめて「やめてよ」と呟く。

もう、色んな意味でありえない。便秘とか、デリケートでプライベートな話題を人前で口に出すな。どんだけデリカシーがないの。

覚えたての横文字を並べて心の中で怒りを発散していたら、

「なんでだよー、心配してんじゃんか。玲奈がなんか痛そうな顔してっからさー」

ほら、また、そんな大きな声で私の名前を呼ぶ。

「……うるさい、痛くない、話しかけないで」

誰にも聞こえないくらいに小さく低く答えて、私は風馬を追い越した。

＊

帰り道は、今朝よりもっと重い足どりで、とぼとぼと進んだ。

ずっと前のほうには、風馬が仲良しの男子数人と遊び歩きしながら帰っているのが見える。

追いつかないように、距離が縮まらないように、できれば見つからないように、必要以上にゆっくりと歩く。

でも、見つからないように、というのは、さすがに無理だった。通学路の途中がしばらくずっとまっすぐな大通りなので、とても見晴らしがいいのだ。

ちらりと後ろを見ると、同じクラスの女子が何人かいたので、風馬には絶対に近づかないようにしなきゃと思った。

前の男子グループと、後ろの女子グループの、ちょうど中間あたりを狙って歩く。

途中、家のあるほうに向かう曲がり角のところで、曲がる直前の風馬が、ふとこちらを振り向いた。なにか言いながら、こちらに手を振っている。

私は気づかないふりをして、深く俯いたまま、ランドセルの肩ベルトを両手でつかんでぎゅっと握りしめた。

顔を上げないようにして、足下だけを見て、黙々と歩く。

そのときだった。

「あぶねーぞっ!!」

空気をつんざくような叫びが聞こえてきて、私ははっと足を止めた。

顔を上げると、今まさに渡りはじめた横断歩道の信号が、真っ赤に光っている。

慌てて歩道に駆け戻った。

次の瞬間、ブウンと大きなエンジン音を鳴らしながら、猛スピードの車が目の前を通り過ぎていった。

あまりの近さと速さに、どくっと心臓が跳び跳ねた。

ばくばくばくとうるさい心臓の音を聞きながら、横断歩道の向こう側に目を向ける。

風馬が立っていた。

いつの間に、こんなところまで戻ってきたのだろう。さすが、学年でいちばん足が速いだけある。

「玲奈！　なにぼーっとしてんだよ。危ねえだろ！」

風馬は怒ったように言った。

こいつが怒るなんて珍しい。小さいころから、いつもにこにこしていて、めったに不機嫌な顔をすることがないやつだった。

だからか、私は、息が苦しくなってしまう。驚きと動揺で、心臓がひどく暴れている。

「そこから動くなよ、玲奈！」

信号が青に変わった。風馬がこちらへ駆け寄ってくる。

風馬の青いランドセルには、保育園のころから風馬が好きな戦隊ヒーローのキーホルダーがついていて、走るとそれがいつもかちゃかちゃと音を立てる。

小学四年生が持つには、ちょっと子どもっぽすぎるそれを、風馬は一年生のころからずっとランドセルにつけていた。

風馬は変わらないなあ、と思う。いいな、変わらないでいることができて。

私はどんどん変わってしまう。変わりたくないのに、変わってしまう。

変わらないと、嫌われてしまうから。

風馬が目の前に立ち、反射的に俯いた私の顔を、遠慮なく覗き込んでくる。

「ったく、マジで危なかったじゃん。ちゃんと前見ろよな！」

「……だって、」

なんで怒るの。風馬のせいじゃん。

風馬がこっち見てくるからじゃん。

風馬がそうやって話しかけてくるせいじゃん。

怒られているという気持ちから、思わずそんな言い訳をしたくなった。

でも、今の場面はどう考えても自分が悪いんだからやめよう、と思い直して、なんとか口を閉じた。

その代わり、目の前に立った風馬に、小さく頭を下げた。

「……ごめん。ありがとう……」

そのとき、後ろから人の気配がした。

半分だけ振り向いて、同じクラスの女子グループだと分かった。

私は無言で風馬の横を素通りし、全速力で家に向かって駆け出す。

風馬ほどではないけれど、私も女子の中ではけっこう速いほうだ。

家までなら、なんとか追いつかれないですむだろう。

私は一度も後ろを振り向かず、家まで全力疾走した。

かちゃかちゃというキーホルダーの音が追いかけてくるような気がしたけれど、きっと気のせいだ、と自分に言い聞かせる。

＊

家に帰り着いた瞬間、私は玄関の床にへたり込んでしまった。

立っていられないくらいの疲れで全身が重くなって、もう動けないくらい重くなって、ランドセルを背負ったまま、ずるずると床の上に伸びる。

「——もう、やだあ……」

自分のふるまいを思い返すと、あまりにもひどくて、情けなくて、絶望的な気分だった。

「もうー、なんで、なんでー……？」

誰にぶつければいいか分からない気持ちを、仕方がないので宙に投げつけるように吐き出す。

「なんでなんだよー！　なんでこうなるのー？　私がいけないのー!?　どうすればいいの!?」

ランドセルを放り投げ、玄関の床に寝転がって、天井に向かって叫ぶ。

するとすぐに、二階からばたばたと足音が聞こえて、お姉ちゃんが慌てた顔で下りてきた。

「れっ、玲奈!?　どうしたの!?」

なんだっけ、こういう顔の言い方……ああ、そうだ、〝血相を変えて〟だ。国語の教科書のものがたり文で出てきた。

いや、でも、今はそれどころじゃなくて。

「えっ、いや、えーっと……お姉ちゃん、いたんだね」

なぜか家には誰もいないと思い込んでいたので、誰にも聞かれていないと油断しきって遠慮なく叫んでいたから、私はすごく焦っていた。

「うん、午後の授業が休講になったから、さっき帰ってきたの。……ていうか、私のことはどうでもよくて」

お姉ちゃんが眉を寄せて私の顔を見つめる。

「玲奈、さっき、叫んでたよね？　どうしたの？」

「あー、いや……」

頑張って頭を高速フル回転させて、なんとか言い訳を絞り出す。

「えっと、今度、クラスで劇をやることになって。それで、そのセリフの練習を、してただけ……」

「劇？　なんの？」

「えっ、えっと……学習発表会の……」

「今年の学習発表会はもう終わったんじゃないの？　お父さんから写真見せてもらったよ」

「…………」

お姉ちゃんは相変わらずしっかりしている。

行く予定もない妹の学校行事の日程までちゃんと把握して、ちゃんと覚えてるんだもんな、すごいな、さすがお姉ちゃん。

でも、今は、それが困る。おかげで、必死に絞り出した言い訳が無駄になってしまった。

なにも言えなくなって黙り込んだ私に、

「玲奈、今朝もなんだか様子がおかしかったでしょ」

お姉ちゃんがふうっと溜め息をついてから言った。

「まあ、人間なんだから、たまには元気が出ないことだってあるよね、眠いだけかもしれないしって思って、朝はあえてなにも言わなかったんだけど……」

心配そうな顔で囁きかけてくる。

「帰ってきてもそんな感じだから、やっぱりおかしいなって分かって……。ね、玲奈。なにかあったんでしょう」

お姉ちゃんの右手が私の肩を優しくつかみ、左手が私の背中を何度も撫でる。

その表情を見ていたら、その手のひらのぬくもりを感じたら、なんだか急に我慢できなくなって、私の目からぽろりと涙がこぼれた。

次の瞬間、のどがぎゅっと苦しくなって、うまく息ができなくなって、うああ、と声がもれてしまった。

私は幼い子どものころみたいに、わんわん声を上げて泣きながら、お姉ちゃんに今までのことを全部、全部、吐き出した。

仲良しだと思っていた女の子たちから、嫌みや陰口を言われるようになったこと。

その理由が、『風馬と仲がいいから』という納得できないものや、『仲良しアピールをしているから』という身に覚えのないものだということ。

納得できないし、心当たりもないのに、私はみんなから嫌われるのが怖くて、風馬に冷たくしてしまっていること。

そんなことが続いて、学校に行きたくなくなってしまったこと。

大好きだった学校を嫌いになってしまったのが悲しいということ。

今日も、宿題をしてこなかった子にノートを写させてと言われたから、『自分でやらなきゃ意味がないよ』と言ったら泣かれてしまって、それを見た周りの女子たちから『玲奈ちゃん冷たい』だとか『ひどい』だとか言われてしまったこと。

その中でも、『男子には優しいのに』という嫌みが、あまりにも的はずれで悔しかったのに、なにも反論できなかったこと。

みんなそれを遠巻きに見ているだけで、私の味方をしてくれる子はいないんだと思ったら、今まで以上に悲しくなったこと。

言いたい放題言われるのが悔しくて、それなのに言い返せない自分も悔しいということ。

それで帰り道、悔しさや悲しさで頭がいっぱいで、赤信号で道を渡りそうになってしまって、危なかったこと。

風馬が気づいてくれて、遠くから声をかけて教えてくれたから無事ですんだのに、その風馬にひどい態度をとってしまったこと。

そんな自分が情けなくて、大嫌いだということ。

止まらなかった。次々に言葉が飛び出してきた。

泣きながら思いつくままに打ち明けて、『ああ、私、こんなにたくさん抱え込んでたんだ』と思う。

自分でもよく分かっていなかった。

吐き出してみて初めて、私の身体の中には、こんなにたくさんの暗い、黒い感情が詰め込まれていたのだと気がついた。

そっか、うん、つらいね。お姉ちゃんはときどき相づちを打ちながら、いいにおいのするハンカチで私の涙をぬぐいながら、静かに聞いてくれていた。

「……私も似たようなことあったよ」

私が全てを吐き出したあと、お姉ちゃんがぽつりと呟く。

私は驚いて顔を上げた。

お姉ちゃんが眉を下げて笑う。

「そういえば、ちょうど今の玲奈と同じくらいの年のときだな。周りの女子みんな敵に回しちゃったことがあって……」

「ええ……っ？　信じらんない」

信じらんない、というのはもちろん、お姉ちゃんみたいな人の敵になった人たちのことを言っている。

だって、お姉ちゃんは穏やかで優しくて、嫌われるような要素なんてまったくないのに。

そんなようなことを伝えると、お姉ちゃんはおかしそうに笑った。

「そんなことないんだよ。私、小学生のころはなかなか尖ってたから」

「そうなの!? お姉ちゃんが!? ひえぇ、想像できない」

お姉ちゃんの突然の告白に、驚きのあまり私の涙はすっかり乾いてしまった。

お姉ちゃんがふふっと笑う。

「けっこうね、相手の気持ちも考えずに言いたいこと言ってたし、やりたいようにやってたし。それで疎まれるようになっちゃったから、これじゃだめだって思って、優しい優等生になろう、みんなから好かれるような人になろうって決めて、頑張って変わったの」

「へぇぇ……そうだったんだ……」

ニワカには信じガタイ、って言葉は、こういうときに使うんだな、きっと。

「……じゃあ、私も、そういうふうになったほうがいいんだね」

私がそう呟くと、お姉ちゃんは目を見開いた。

それからすぐに、真剣な顔で、「そんなことないよ」と何度も首を横に振って続けた。

「たしかに、嫌われるよりは好かれるほうがいいに決まってるけど、でも、そのせいで無理をして我慢して溜め込んじゃったら、いつかどこかで崩れちゃうから……」

お姉ちゃんは静かに、なにかを思い出すように言った。

もしかして、お姉ちゃんは、我慢して我慢して、たくさん頑張って頑張って、崩れてしまったことがあるんだろうか。

今の言い方からすると、きっとそうなのだろう。

そんなの、私は全然知らなかった。

「……もしも今、あのころの自分に会えたらね」

お姉ちゃんが優しげに目を細める。

「『そんなに頑張らなくていいんだよ』って、言ってあげたいなって思う」

それは、とてもとても優しい、包み込まれるような声だった。

「『全員から好かれるなんて無理だし、たとえ全員から好かれても、自分が苦しくて自分で自分を好きになれないなら意味がないよ。我慢ばっかりしてたら、いつか耐えきれなくなって、自分を傷つけちゃって、もっともっと苦しくなるよ。後悔しないように、もうちょっとだけ自分を甘やかしてあげて』って、教えてあげたい」

これはきっと、お姉ちゃんが過去の自分にかけてあげたい言葉でもあるし、今の私に言ってくれている言葉でもあるんだろうな、と分かった。

「もしも〝本当の自分〟をさらけ出して、自分のことを嫌いになる人がいても、その〝本当の自分〟を好きになってくれる人もいるはずだから」

お姉ちゃんが一瞬口をつぐみ、頬を両手で押さえた。

「……そういうふうにね、私の考えを変えてくれる人に、高校生のとき出会えたの。それで私は少し変われて。大きく変われたわけじゃないけど、でも、気持ちがすごく楽になったの」

私は「そっか」と呟いて、頷いた。

ちょっと、難しくてよく分からない部分もあった。

でも、ちゃんと覚えたから、あとでひとりでじっくり考えてみよう、と思う。

「はああ、それにしても、玲奈とこんな話をする日が来るなんてねぇ……」

お姉ちゃんがふふっと笑った。

「おむつしてよちよち歩きしてたあの赤ちゃんが、わがまま放題で走り回ってお姉ちゃんを困らせたり天使の寝顔でお姉ちゃんを癒したりしてたちっちゃい女の子が、人間関係で悩む日が来るなんて……感慨深い。時の流れは早いなあ。私も年をとるはずだ……」

お姉ちゃんはしみじみと言う。

私は思わず顔を赤らめた。

「やめてよー、赤ちゃんのころの話とか。恥ずかしい！」

そう言って、いじけたように唇を尖らせてみせる。

「大人だってみんな赤ちゃん時代があって、ちっちゃいときは周りを困らせたり迷惑かけたりしてたはずなのに、なんで大人になると、まるで別の生き物みたいな顔してしゃべるのかなあ」

私がぶつぶつと言うと、軽い冗談のつもりだったのに、なぜかお姉ちゃんは、はっとしたように目を見開いた。

「そう……そうだよね。ほんと、それ、忘れちゃだめだよね……」

お姉ちゃんは、昔のことを思い出すような、なんだか遠い目をしている。

「どうしたの？」

「いや、ちょっとね……」

お姉ちゃんが照れくさそうに笑った。

「なんか、色々と身につまされまして……」

私は聞き慣れない言葉にきょとんとしてしまう。

「ミニツマ？」

ミニ妻、という字が頭に浮かんだけれど、さすがに絶対違うなと思う。なので、お姉ちゃんに訊ねる。

「ミニツマサ……って、なあに、それ」

「ああ、えっとね、〝身につまされる〟。なんだろ、なんていうのかな……、改めて訊かれると説明が難しいな……」

お姉ちゃんが顔を斜めに上げて、少しの間、天井を眺める。

「うーん、〝痛いとこ突かれた〟とか？　〝図星をさされて痛い〟とか？　なんか、そんな感じ。……分かる？」

「ふうん……」

またひとつ新しい言葉を覚えた。

意味は、またあとでちゃんと調べてみよう。

ミニツマサレル。ミニツマサレル。この言葉もいつか、私の〝言葉にならない気持ち〟を言い表してくれる便利な言葉になるのだろうか。

「とにかくね」

ふいにお姉ちゃんが両手を大きく広げ、私を抱きしめた。

「玲奈のこと、昔も今も、だーい好きだよ！　ってこと」

「……ふうん」

久しぶりにお姉ちゃんから抱きしめられて、大好きなんて言われて、あまりに照れくさくて、私はそんなそっけない応え方をしてしまった。

私は小さいころ、本当にお姉ちゃんっ子だね、とよく言われていた。お姉ちゃんのことが大好きで、くっつきたくて、かまってほしくて、隙あらば抱きついてまとわりついていた。

今思えば、あのころのお姉ちゃんはまだ中学生だとか高校生だとかで、幼児の相手をするなんて退屈だっただろうし大変だったはずなのに、いつも笑顔で優しく接してくれたなと思い返す。

そして、私はお姉ちゃんにぎゅっとしてもらうのが大好きだった。

そんなお姉ちゃんから、数年ぶりに抱きしめられているのだから、嬉しくないはずがない。さすがにもう四年生なので、恥ずかしさが勝ってしまって、素直に言えないけれど。

お姉ちゃんが私の背後に回した両手で背中をわしわし撫でながら、再びしみじみと、それにしても、と呟く。

「ほんとおっきくなったねえ、玲奈。昔は片手で抱っこできてたのになあ。今は両手でも持ち上がらないだろうな……」

「もう、またそういうこと言うー」

「あはは、ごめんごめん」

身を離してお姉ちゃんを見てみると、今さらだけれど、今日はなんだかとてもおしゃれな格好をしていることに気がついた。

いつものお姉ちゃんは、Tシャツにジーパンみたいな、どちらかというとカジュアルでシンプルな服装が多いけれど、今日はブラウスにジャケット、ミニスカートという可愛い格好だ。

お化粧もばっちりで、目の周りがきらきら光っていて、淡いピンク色の唇はつやつやで、すごく可愛い。

もしかして、これから青磁くんとデートかな。

青磁くんというのは、お姉ちゃんの彼氏だ。

お姉ちゃんには、高校生のころから彼氏がいる。そのことを、お姉ちゃん自身は恥ずかしがって家族には必死に隠していたけれど、お兄ちゃんからばっちり情報はもれていた。ちなみに、それを知ったとき、お姉ちゃんは顔を真っ赤にしてお兄ちゃんに怒っていた。

お父さんがある日の晩ご飯のときにふと、『これからも長い付き合いになりそうなら、茜ちゃんの彼氏に一度会ってみたいなあ』と言った。それで、しぶしぶという感じではあったけれど、お姉ちゃんが半年くらい前に家に連れてきて、私はそのとき初めて青磁くんを見た。

びっくりするくらいかっこよくて、髪が銀色に光っているみたいにきれいで、背もすごく高くて、モデルさんみたいだった。

あんまりしゃべらなくて、ちょっと無愛想な感じだったけれど、うちの親に対して礼儀正しく丁寧に話していたし、笑うときは人懐っこい少年みたいな顔で笑うし、ちゃんとしてる人だな、優しそうだし、これなら安心だな、と思った。

　なにより、お姉ちゃんを大事にしているのが、ひとつひとつの言葉や仕草から伝わってきて、それだけで百点満点だと思った。

「デート？」

　私が唐突にそう訊ねると、お姉ちゃんは「えっ」と声を上げて頬を赤く染め、それから「まあね」と笑った。

　お姉ちゃんと青磁くんは付き合いはじめてもう五年以上経つそうだけれど、今でもすごく仲がいい。

　いいなあ、と思う。

　私も恋とかしてみたい。素敵な恋がしたいな。そんな日は来るのかな。なんか想像もできない……。

　そのとき、玄関のチャイムが鳴った。

「あ、はあい――」

　私とお姉ちゃんは同時に応えて腰を上げる。

「なんだろ、宅配便かなにかかな」

「かなあ」

ちょうどドアの前にいたので立ち上がり、ドアノブに手をかけたところで、私は動きを止める。

閉じたままの玄関ドアの向こうで、かちゃかちゃ、とあの音がした気がしたのだ。

もしかして。

私はドアノブを握ったまま硬直した。

「おーい、れーなー」

聞き慣れたのんきな声が、私を呼んでいる。

「玲奈ー？　いないのかー？」

ちらりと後ろを振り向くと、お姉ちゃんがにんまり笑って、

「私、二階に行っとくね」

といたずらっぽく人差し指を立て、天井をちょいちょいと指した。

「えっ、待ってお姉ちゃん、ここにいていいよ、ていうか、いてよ……」

正直、今は、どんな顔をしてあいつに会えばいいか分からない。

ついさっきあんなことがあって気まずいから、ひとりで会うのは心細かった。

せめてお姉ちゃんが隣にいてくれたら。

でも、お姉ちゃんはくすくす笑いながら首を横に振った。

それから、少し改まった口調で、

「言いたいこと、言わなきゃいけないこと、全部言ってみたらいいよ。風馬くんなら受け止めてくれる。そしたらちょっとはすっきりするよ」

と言って、微笑んだ。

「えー……あー、うう……」

「大丈夫、玲奈ならできる！　ほら、頑張れ」

そんなふうに言われたら、行動しないわけにはいかないじゃないか。

私は前に向き直り、勇気を出して、ドアを開けた。

「あっ、玲奈！　やっぱいるじゃん」

ドアの向こうには、予想通り風馬が立っていた。

ランドセルを背負ったままだ。もしかして、私を追いかけてきて、ずっとうちの前にいたのだろうか。一歩間違ったら不審者じゃん。

そんな私の思いにはもちろん気づくことなく、風馬が私を真正面から見つめて、口を開いた。

「なあ、お前、なんか最近おかしいよな。なんか元気ないよな」

いきなりずばっと刺してくる感じが、すごく風馬っぽいなと思って、笑ってしまった。

まっすぐで、まっさらな、風馬の眼差し。

「うん……あのね」

その顔を見た瞬間、不思議と覚悟が決まった。

「風馬に聞いてほしいことがあるの。とりあえず、上がって」

事情も理由もなんにも言わずに、一方的に関係を切ろうとして、そんなの、うまくいくはずがなかった。

それに、あのときは自分のことで頭がいっぱいで、風馬の気持ちなんて考えられなかったけれど、幼なじみからいきなり『もう話しかけないで』なんて言われて、風馬はどんな気持ちになっただろう。

いきなり友達から嫌なことを言われたときの私みたいに、わけが分からなくて、納得できなくて、呆然としていたんじゃないかな。

だとしたら、本当に申し訳ないことをした。

それならせめて、ちゃんと自分の言葉で、自分の気持ちを話さなきゃ。

いつか後悔しないためにも。

「風馬に謝りたいことと、相談したいことがあるんだ」

私の言葉に、風馬は一瞬、目を丸くして、それからにやりと笑った。

「よっしゃ、まかせろ！」

こぶしを握り、自分の胸をどんっと叩《たた》く。まるで戦隊ヒーローみたいに。

「……ふふっ。ありがと」

私は思わず笑いながらそう言った。

風馬が一瞬動きを止め、それからちょっと身体を斜めにして、ランドセルを軽く揺すってみせる。

「こいつのお返しだよ」

そう言った風馬の視線の先には、かちゃかちゃと鳴るキーホルダー。

それは、保育園の年少さんのときに、私が風馬の誕生日にプレゼントしたものだった。

「だから、玲奈の願いなら、なんでも、いくらでも聞いてやる！」

ヒーローの決めポーズをしながらやけに張り切る風馬がおかしくて、私はとうとうお腹を抱えて笑った。

5

朝焼空

―深川青磁　二十二歳―

*

いつものように、川べりの道を自転車で走り抜ける。

まだ薄暗い夜明け前の道には、ほとんど人の姿はない。

ただひたすら静かな景色が、目の前に広がっている。

自転車のタイヤがしゃりしゃりと回る音が、青い闇に溶けていく。

朝の世界は好きだ。

昼も夕方も夜ももちろん好きだが、朝は格別に美しいと思う。

特に、夜が明けるまぎわの朝の世界は、本当に美しい。

朝焼けを特に美しく感じてしまうのは、もしかしたら、美しい思い出が付随《ふずい》しているからなのかもしれない——そんなことをふいに思って、そんな自分の思いつきに、なんだか気恥ずかしくなる。

ときどき、ジョギングをする人や、犬の散歩をする人とすれ違う。

彼らはみんな反射材のついたものを身に着けていて、それがぼんやりと明るくなりつつある東の空の明かりをわずかに拾い、淡く輝いていた。

薄闇の中に、ほのかな光がふわふわと上下に揺れながら流れるさまは、まるできれいな川のほとりを漂う蛍《ほたる》の光のようで、なかなか絵になる光景だった。

今度描いてみようか。そう思った瞬間、目と脳のモードが自動で切り替わる感じがする。通常モードから、絵描きモード、と言えばいいだろうか。

目に映る世界の全てを、自分の五感の全てで感じ取る。

視覚だけでなく、聴覚も嗅覚も、触覚も味覚も、自分の全てを使って、世界の全てを感じ取る。

絵を描くとき、対象物を観察するとき、俺はいつもそうしている。

美大の同級生のひとりに、絵を描くときの心がけだかなんだかを訊かれて、なにげなくそんな話をしたら、変な顔をされた。

でも、目で見ただけの風景と、自分の身体全部を使って感じた風景とでは、それをキャンバスに描き出したとき、なんだか、全然、違うのだ。

その空間の音を聞き、においを嗅ぎ、温度や湿度や硬度を感じて初めて、描き出せるなにかがある。

そこへ足を運んで、感覚を研ぎ澄ませたことのない場所では、決して描けないなにかがある。

食べたことのあるものと食べたことのないものでは、描きやすさも完成度もまったく違う。

風景や静物だけではない。動物でも、人間でも同じだ。知っている人物と知らない人物では、描き上がりの質感がまったく違う。実際に触れたことのない動物の毛並みや皮膚の質感は、たとえどれだけ時間をかけて丁寧に見たままを描いても、本物とは似ても似つかないのだ。

描くというのは、そういうことなのだろう。

外側の色や形を描くだけではなく、内側まで、存在そのものを、描く。

絵の具だけでなく、対象に対する自分の感情をも筆にのせて、描く。

だから、まったく同じものを描いても、描き手によってまったく違う絵が生まれるのだろう。

夜明け前の、もっとも静謐《せいひつ》な空気の中を、ゆっくりと走る。

別に急ぐ必要もないので、できるだけゆっくりと。

世界の美しさを、全身に浴びながら。

この愛しい世界を、一秒でも長く、全身で感じていたい。

時間は永遠ではないから。

まだ仄暗《ほのぐら》いうちに、目的の場所に着いた。

土手の上から河川敷へとつながる階段の手前で止まり、自転車を端に寄せて停め、スタンドを下ろす。

前かごに入れておいた荷物を取り出して小脇に抱え、階段を下りる。

ゆうべの夜露《よつゆ》に湿った天然芝を踏みしめると、しっとりとした音を立てるのが耳に心地いい。

緩く傾斜したのり面に背中をつけるようにして寝転び、川の向こうの街並みと、明けはじめた空を眺める。

日の出までにはまだ時間がある。

とはいえ、夜の名残が残る深い青の空には、赤みを帯びた太陽の、姿こそまだ見えないものの、すでに気配が滲みはじめていた。

夜の青と朝の赤が混じり合った低い空は、淡い青紫色に染まっている。

しばらくすると、高層にある雲が、鮮やかな紫色に染まりはじめる。

美しい空の色に目を奪われて、束の間、時間を忘れる。

少しずつ、でもたしかに変わっていく世界。

ぽつっと頬に水滴が落ちて、我に返った。

いつの間にか、薄い雨雲が頭上の空に姿を現していた。

西の空には、もう少し濃い色の雲が浮かんでいる。そのうちこちらへ流れてくるのだろう。

ああ、そうだ、雨だ。だから今日はやるべきことがあるんだった、と思い出して、俺は身体を起こす。

背中が少し濡れている。芝生についていた夜露のしわざだ。まあ、そのうち乾くだろう。

雨は好きだ。晴れや曇りの日とはまったく違う景色を見せてくれる。

透き通った雨の滴は、問答無用に美しい。

空は、空気中の水分が多いとき――つまり雨が近いときのほうが、朝焼けも夕焼けも現れやすい。だから俺にとっては、雨は、美しい光景を予感させる福音のようなものに思える。

太陽を遮る雨雲が、それでも隠しきれない光を滲ませる様子も、ひどく美しい。

だから、雨が好きだ。

でも、雨に濡れるのは好きじゃない、なんてわがままを言うやつもいるからな。

俺は無意識のうちに、ふっと小さな笑いをもらした。

勢いをつけて立ち上がり、荷物を抱えてあたりをゆっくりと物色する。

芝に覆われた地面の感触を靴底で確かめ、ここでいいかと場所を決めた。

朝焼け色に染まる空へ、ときおり視線を投げながら、黙々と手を動かす。

ここは、思い出の場所だった。

ここで彼女と出会った。

ここで彼女と朝焼けを眺めた。

何度も何度もふたりでここへ来て、肩を並べて空を見つめた。

俺たちにとって大切な場所だ。

ここにいると、いつも、あの朝焼けを見た日を思い出す。

五年前、高校二年生の冬、初めて学校の外でふたりで会った日。

あの日の空の色も、雲の形も、朝露のきらめきも、川面の輝きも、太陽の眩《まぶ》しさも、いつでも瞼《まぶた》の裏に思い描けるくらい、全てを鮮明に覚えている。

俺はあのとき初めて、自分の気持ちをはっきりと自覚した。だから、あの日のことはいつまでも忘れられないのだ。

あの日より前も、もちろん彼女は俺にとって特別な存在だった。

初めて彼女に会ったのは、小学生のときだった。

自分よりもずっとずっと身体の大きな相手に、少しも臆することなく向かっていった華奢な背中。

反撃されてもまったく怯《ひる》まず、何度でも立ち向かっていった、まっすぐな強さ。宝石みたいに輝く涙をぽろぽろ流しながら、それでも俺に『ありがとう』と笑った、光を束ねたように明るく澄んだ笑顔。

その全てが俺の心の奥深くに突き刺さった。

中学生になってからは会うことはなかったものの、彼女の存在はずっと俺の中にあり、支えとなっていた。

いつまで続くか分からない、終わりの見えない病との闘いの最中、俺はいつも彼女の強さと笑顔を心に浮かべていた。

それは俺にとって、どす黒い雲間から射す真っ白な救いの光となり、不安や恐怖に全身を包まれて動けなくなる弱い自分を、何度もすくい上げてくれた。

高校生になってやっと再会できたとき、すごく嬉しかった。

でも彼女は、すっかり変わってしまっていた。俺の過去の記憶とはまったく違う表情や態度やふるまいばかりをしていた。

「あんときはマジで腹立ったなあ……」

思い出して、無意識のうちにしみじみと呟いてしまう。

それでも、いつしか彼女は、再び俺にとって特別な存在になっていた。

以前とは違う意味で、〝特別〟な存在に。

憧れとも言える存在から、支えてやりたい、守ってやりたい、笑顔にしてやりたいと思う存在へ。

それを自覚したのが、あの日、初めて朝焼けを一緒に見た日だった。

「懐かしい……」

どんな形で出会っても、彼女がどんな人間であっても、自分にとっては特別な存在になるらしい。

たぶん、俺は、こいつから逃げられない。そう悟った朝。

雨が徐々に強まっていた。

こめかみに垂れてきた雨の滴を袖で拭いながら、作業を進める。

そのへんに落ちている木の枝の中で適当に見つくろったものを地面に突き刺し、角度を調整して三角形を作り、持ってきたビニールシートをばさっとかぶせる。

せっせと手を動かしながらも、頭の中は彼女のことでいっぱいだった。

その茜とは、しばらく会っていなかった。

彼女は今、就職活動の真っ最中なのだ。

元来、馬鹿がつくほど真面目な彼女は、大学に入ってからも毎日生真面目にキャンパスに通って講義を受け、サークルやゼミにも積極的に参加し、空き時間にはバイトのシフトを入れていた。

そんな性格なので、就活ももちろん早め早めに取り組んで情報集めをするなど至極真面目にやっていて、三年のときからすでにずいぶんと忙しそうにしていた。

そして今年、四年生になり就活が本格化すると、これまでとは比べものにならないくらい忙しくなったようだった。

それで最近はなかなか時間が合わず、電話ではときどき話しているものの、ずいぶん顔を見ていない。顔の見えるビデオ通話は恥ずかしいから無理、と彼女は言うし、俺もそれには賛成なので、いつも音声通話だけだ。

頑張りすぎるくらい頑張っているところが彼女らしいといえば彼女らしいが、もうちょっと……とも思ってしまう。

将来の進路のために頑張っている相手に言えることではないので、そんなことは、口が裂けても言わないが。

俺の進路はというと、担当教授のすすめもあって、来年から今の美大の大学院に進む予定だった。

入学してからの三年ちょっとの間で、数えきれないほどの絵を描いてきたけれど、まだまだ描きたいものは尽きなかったし、まだまだ学びたいことがあった。

食っていけるかも分からない美術の道で、大学院に進学することについては悩みもあって、卒業したら就職したほうがいいんじゃないかとも思ったが、

『一度きりの人生で、本気でやりたいことに出会えたのは本当に幸運なことだから、

好きなだけやりなさい。精一杯協力するから』

両親はそう言ってくれた。

教授の紹介で財団の奨学金ももらえる予定で、金銭的な負担をかける心配も少し減ったので、両親の言葉に甘えて進学すると決めた。

ありがたいだと思う反面、複雑な気持ちがまったくないと言えば、嘘になる。

両親がなんでも俺の好きなようにさせてくれるのは、たぶん、病気のことがあるからだろうと思うからだ。

一度病気をすると、いくつになっても、不安は尽きない。

いつ再発するか、いつ死ぬか分からない。

別の病気になる可能性だってある。

同じ年代のやつらに比べて、俺は昔から、ずいぶんと死の気配を近く感じられる場所にいる。

俺の周りに漂う死の気配を、親はもしかしたら俺自身よりもずっと敏感に感じ取り、警戒してきたのだろうと思う。

そして今は、茜も。

彼女もときどき、なんともいえない不安げな顔で俺を見ることがある。そんな不安を感じさせてしまう自分が情けなく、ふがいなく思うこともあるけれど。

でも、俺に限らず、人はいつ死ぬか分からない。

誰にも、未来のことは分からない。

自分の未来は、多少なりとも、自分の努力で変えたり、決めたりすることができるけれど、他人の未来には一切手を出せない。

だからこそ、不安だった。

茜は、大学を卒業したあと、どうするんだろう。どうなるんだろう。

もしかしたら、地元を離れるという可能性もある。

俺が院に進学したら、この地を離れた彼女とはもう一緒にいられなくなるかもしれない、そんな可能性すら頭をよぎる。

もしも、未来を見ることができると言われたら、自分の未来よりも、彼女の未来を知りたいと思う。そうしたら、自分の未来を、彼女の未来に寄り添う形にすることができる。

そんなことを考えている自分に気づいて、思わず笑みをもらした。

自分にこんな女々《めめ》しい面があるなんて、思いもしなかった。

自分の進みたい道より、他人の進む道に合わせようとするなんて。

俺ってこんな人間だったか？

考えたってしようのないことを、あれこれ考えて、うじうじ悩んで、そんな自分に呆れて。

今も、昔も、茜は俺をおかしくする。

格好悪い、情けない、みっともない自分を、思い知らされる。

でも、それも悪くない。

不思議とそう思う。全然悪くないじゃないか。

人と出会って、関わって、自分でも知らなかった自分の一面を知る。

それはもちろん、いい面のこともあるだろうし、悪い面のこともある。

それはそれでいいじゃないか。

たとえ悪い部分でも、新しい一面なのはたしかだ。

新しいものは、美しい。

なんだか絵を描きたいな、と思った。

今のこの気持ちを、今のこの自分を、情けなくてみっともなくて自分でも呆れてしまう自分を、そんな自分から生まれたものを、描いて残しておくのも、悪くない。

幸い、念のためにと思って、絵の具と筆は今日も持ってきていた。それさえあれば、描きたいものを描ける。

〝今の自分にしか描けないもの〟がある。

中学生のころには中学生の自分にしか描けないものが、高校生のころにも高校生の自分にしか描けないものが、たしかにあった。

今は、たくさん練習してたくさん勉強して、あのころよりも格段に技術は上がったし、自分の頭の中で思い描いたものにずいぶん近い形の絵や、自分でも満足のいく絵が描けるようになった。

いい絵が描けた、と思えることも、以前よりずっと増えた。

中高生のころに描いたものを今見返してみると、下手すぎて腹が立ったり、当時の感情を思い出して苦しくて直視できなかったり、恥ずかしくて死にそうになったり、あまりにも愚直で笑ってしまうこともある。

でも、それじゃあ昔の絵は全て自分にとって駄作で、黒歴史で、捨ててしまっていいものなのかと問われたら、それは絶対に違う。

あのころに描いた絵を、そっくりそのまま模写しても、同じ絵は描けない。技術的には今の自分のほうが上回っているはずなのに、再現できない。

技術とは別の面で、今の自分には決して追いつけない、手が届かない、そんな〝なにか〟が、過去の作品にはある。

それは、中学生のころには中学生の自分にしか感じられない感情が、高校生のころには高校生の自分にしか感じられない感情が、確実にあったからだ。

そのとき限定の感情が、体温になって、筆を持つ手の温度になって、筆に宿って、絵の具に移って、キャンバスを彩る。

その熱は、二度と再現できないのだ。

だから、中学生の俺にしか描けなかった、高校生の俺にしか描けなかったものがある。

大学生になり、二十歳も超えた自分は、これまで過ごしてきた時間のぶんだけ、色々なものを見聞きして、体験して、感じて、そのぶん確実に変化した。

幸いにもいい変化だとは思うけれど、ただ、あのころに持っていたものは多少なりとも失ったということになる。

変わるということは、失うということだ。

でも、変わるということは、得るということでもある。

俺は、生きてきたぶん失って、そのぶん新しいものを得た。

善いものも悪いものも、失ったり得たりしてきた。

だから、今の俺には、今の俺にしか描けないものがある。

数十年後、おっさんになった自分や、じいさんになった自分が見返したら、羨ましくて吐きたくなるような絵を、きっと今の俺は描いているのだろう。

だから、俺は今日も絵を描く。

そして、明日も明後日も絵を描き続けるし、三年後も十年後も五十年後も、きっと絵を描いているだろう。

この身体がもつ限りは。

絵筆を握る力が、この手に残されているうちは。


ふいにあたりが明るくなったのを感じ、川のほうへ目を向ける。

新しい太陽がほんの少しだけ、地平線から顔を覗かせていた。

鮮やかなオレンジ色の太陽。

じわじわとその姿を現し、世界を自分の色に染め上げていく。

空も川面も、芝生も道路も、木々も草花も、ビルも家々も、なにもかもがオレンジ色に染まる。

目に映る世界の全てが、朝陽色に染まる。なんて美しいのだろう。

そろそろ茜がやってくる時間だ。

今日は久しぶりに、ここでふたりで朝焼けを見る約束をしていた。

茜に伝えたいことがある。

こういうときには一般的にだいたいこれだろう、というアレを、買おうかと一瞬迷ったけれど、やっぱり柄じゃないのでやめた。

その代わりに俺は、筆と絵の具を持つ。

さあ、描くぞ。

今の俺にしか描けないもの、今この瞬間の俺にしか描けないものを、描くんだ。

6

透明傘

―丹羽茜　二十二歳―

＊

気がつくと、そんな独り言をもらしていた。

「はあ……しんどい」

家から出たとたんに、疲れやら弱気やらが顔を出す。

昔からそうだけれど、私は家の中では、家族に心配をかけたくなくて、なにもかもうまくいっていて絶好調という顔をしてしまう。

一ヶ月ほど前、妹の玲奈が小学校の女子どうしの人間関係で悩んでいると、泣きながら打ち明けてくれた日からは、特に妹の前ではしっかりしなきゃ、なにかあったらすぐに相談してもらえるように私が余裕のある態度でいなきゃ、という緊張感が高まってきた。

そのあと、玲奈は幼なじみの風馬くんの支えもあり、少しずつ周囲との軋轢《あつれき》を解消しつつあるようだ。でも、きっとこれからも同じような悩みを抱えることが、何度もあるだろう。

そう思うと、やっぱりお姉ちゃんとして、女子の先輩として、妹にはしっかりした姿を見せて安心させなきゃ、いつでも頼れる存在だと思ってもらわなきゃ、という思いは強くなった。

でも、一歩外に出ると、気合いで膨らましていた風船が、音を立ててしぼんでいく感じがする。

それもこれも、就活のせいだ。……とまでは言わないけれど、就活がきっかけだ。

就職活動というものは、思った以上に大変だった。

事前にネットで調べたり、ゼミやサークルの先輩たちから話を聞いたりして、去年までの自分が想像していたよりも、十倍、いや百倍は大変だった。

そもそも、大学の授業や試験をちゃんと受けて、卒業に必要な単位をしっかり取得しつつ、卒論の執筆に備えて本を読んだり調べ物をしたりしつつ、さらにバイトもこなしつつ就職活動をするというのが、いわゆる無理ゲーというか、時間的にも体力的にも、かなり厳しいと思う。

みんなやっていることだから仕方がないとはいえ、きついものはきつい。

大学三年生の間は、四年生から本格化する就活の準備期間と言われている。まずは就活サイトに登録して情報収集をしつつ、ＴＯＥＩＣや適性検査でいい結果を出すための勉強に勤しみ、企業研究や自己分析を進め、インターンシップや就活関連イベントやセミナーに参加したりなど、四年生になってから少しでも就活を有利に始めて、楽に進めて、早く終わらせることができるように、やっておいたほうがいいことはいくらでもあった。

就活サイトや社会人の体験談などを調べていくと、あれをやっておくといい、これもやっておいたほうがいい、と次々に追加情報が出てきて、それらを全てやろうとすると、目が回りそうだった。

そして四年生になったら、就活は本格化する。企業説明会や社員訪問に行ったり、数十社ぶんのエントリーシートを書いたり、ペーパーテストを受けたり、面接練習をしたり、とにかくやることが多くて、息もつけないような日々だった。

夕方まで大学で授業を受けて、バイトに行って、帰宅してからエントリーシートを書いたり志望各社の情報をチェックしたりする。さらに、卒業論文演習の準備もしないといけない。

忙しくて忙しくて、気力も体力も底をつき、手抜きをしたくなることもある。けれど、『就活は今後の人生に直結する』とか、『就活に失敗したら新卒という最強カードを失う』、そんな恐ろしい言葉が頭をよぎり、それもできない。

あまりにも先が見えなくて、不安が高まって泣きそうな夜もあった。

忙しいし、すごく大変だけれど、頑張らなきゃいけない。自分の未来のために。私にはやりたい仕事があるから。

そうやって先の先を見つめることで、なんとか自分を奮い立たせていたけれど、やっぱり気力が途切れてしまいそうになる日はあって。

昨日がまさにそんな日だった。

夜遅くに帰宅して、へとへとに疲れていて、自分の部屋に直行して、ベッドに倒れ込んだ。

でも、三日後に提出しないといけないエントリーシート、しかもとんでもない分量の自己PRを書かないといけないものが残っていた。

だから、だらけている暇なんかない、すぐにでも動かなきゃと分かっているのに、身体が動かない。

今にも糸が切れそうだった。

なんにもやる気が起きなくて、ベッドに寝転がってぼんやり天井を眺めていたら、突然、スマホの着信音が鳴った。

もうずいぶん遅い時間だったし、間違い電話かいたずら電話かなと思った。

なんの期待もせずに、ぱっと手に取ったスマホの画面。

そこに映し出された『青磁』という表示を見て、だから私は、ものすごくびっくりした。

そして、彼の名前を見た瞬間に、なぜか急に涙が込み上げてきて、さらにびっくりした。

涙が勝手にぼろぼろこぼれ落ちるのをどうすることもできないまま、でも電話を切られたら嫌なので、急いで通話ボタンを押した。

『よう、元気してるか？』

「………」

なにも答えられなかった。

もれそうな嗚咽《おえつ》を、洟《はな》をすする音を聞かれないようにするのに必死だった。

青磁は一瞬黙り込み、それから『明日』と唐突に言った。

『……明日の朝、六時、いつものあそこ、来れるか？』

いつものあそこ、というのは、昔サッカーコートがあった河川敷のことだ。

私たちはいつもあの場所のことをそう呼んでいた。

ふたりの間だけで通じる、特別な、秘密の暗号。

『たぶん、朝焼けが見れるから』

電話ごしでは、相手がどんな表情で、どんな感情でいるのか、よく分からない。

そのことを今までは特になんとも思っていなかったのに、今は、なんだかおぼつかなく、ひどく不安だった。

「うん……分かった、行ける」

私はなんとかそれだけ答えた。

声が少しかすれて、きれぎれになってしまったけれど、泣いているのがばれるほどではなかったはずだ。

『……おう。じゃ、また』

青磁はそっけなく言って、電話を切った。

ツーツーと流れる冷たい電子音。

あまりのそっけなさに、絶句した。

もしかして、とうとう、見捨てられた……？　それは私がずっと恐れていたことだった。

久しぶりに青磁と会える。本当に久しぶりなので、嬉しい。就活やバイトが忙しくてなかなか会えなかったから、あと数時間で会えると思ったら急にそわそわしてきて、とにかく早く顔を見たかった。

それくらいわくわくしていたけれど、やっぱり、不安だった。もしかして、忙しさを理由に会えない私に、愛想をつかしてしまったんじゃないか。

だけど、青磁はもともとドライで、彼女にしょっちゅう会いたいというタイプではないと思う。

別にどうでもいいと思ってるかも。青磁から会いたいとか寂しいとか言われたことないし。

でも、青磁がなにを考えているかは、私には分からない。

もしかしたら、今の電話は、別れ話をしようと思って私を呼び出したのかもしれない。

だから、あんなにあっさり、そっけなく電話を切ったのかもしれない。

もし本当にそうだったら、どうしよう。別れたくない、と正直に言ってもいいのだろうか。

別れたいと思っている相手に、自分は別れたくないからといって関係を続けることを迫るのは、どうなんだろう。

すがって懇願して、無理して関係を続けたところで、相手の気持ちがもう自分から離れているとしたら。それって、むなしくないだろうか。そんな状態で付き合いを続けて、本当に幸せなのだろうか。

でも、だからといって、『別れたいです』、『はい、そうですか』、なんてあっさり受け入れることはできない。

どうしよう、どうすればいいんだろう。

そんなことをぐるぐる考えながらベッドに入った。

おかげでその夜は、一睡もできなかった。

私は一晩中、窓の向こうに広がる真夜中の空を、微動だにせずに、じっと見つめていた。

真夜中の空って、意外と、真っ黒じゃないんだな。

ぼんやりと、そんなことを思う。

空のそここに、銀色に輝く星がいくつか煌《きら》めいている。

金色に輝く月の周りでは、雲が月光に明るく照らし出され、空も少し明るい青色をしている。

ふとんにくるまってぼんやりと夜明けを待ち、東の空が白っぽくなってきたころ、そっと家を出た。

＊

会える喜びと、別れの不安で、胸がぱんぱんに膨らんで張り裂けそうだった。

河川敷に向かっている途中で、ぱらぱらと雨が降ってきた。

空を見上げると、全体に薄い雲が張っている。

夜中の間は月も星も見えるくらいに晴れていたのに、いつの間にか雨雲が流れてきたようだ。

せっかくきれいな朝焼けを青磁と一緒に見ようと思ったのに、天気に恵まれない。なんだか、神様からも見放された気分だった。

嫌な予感ばかりが膨らんでいく。

やっぱり、青磁は、別れ話をするために、私をここへ呼び出したんじゃないだろうか。

もしかして、他に好きな子ができたとか。

同じ大学に通っていて、同じ授業を受けていて、同じ美術の道を志していて、会いたいときにいつでも会えるような距離感の存在がいるとしたら、卒論だの就活だのバイトだのとばたばたして、月に一度程度しか会えない私なんかより、ずっといいと思うんじゃないかという気がした。

川沿いの道を歩きながら、川の向こうの空を見る。

もうすぐ朝陽がのぼる。

雨の滴が私の瞼や頬や肩をぱたぱたと打つ。

そんなに強い雨じゃないのに、痛い。

待ち合わせ場所の河川敷に下りる階段の前に、青磁の自転車が停まっていた。それを見て、さらに期待と不安がせめぎ合う。

私は足を止めて、川のほうへ目を向けた。

視線を巡《めぐ》らせるまでもなく、すぐに私の目は青磁の姿を見つける。心臓がばくばくと音を立てて、今にも爆発しそうに激しく暴れる。

彼は小雨の降る中、濡れるのもかまわずに、黙々となにかを作っている。

そのあたりに落ちている木の枝の中から、おそらく特に長いものを選んで持ってきて、地面に斜めに突き刺す。それを三、四本。

三角屋根のような形になった枝の骨組みの上に、ばさっと透明なビニールシートを広げてかぶせる。

ふと顔を上げて、空をじっと見つめて、また作業に戻る。

シートの端っこに、これもまた落ちている大きめの石を拾ってきて、たぶん風に飛ばされないようにするためなのだろう、四隅にのせる。

……なにやってんだ。

しばらく観察していた私は、なんだか突然、馬鹿らしくなった。

ものすごく馬鹿らしくなった。

私はゆうべから、別れ話を切り出されるかもと、一睡もできずにふらふらの状態でここへやってきたのに。

別れたいと言ってくるかもしれないと不安に思っていた相手は、私を呼び出したくせに、私の姿を探すそぶりすらなく、なんだかわけの分からないものを必死に作っている。

まるで秘密基地を作っている子どもみたいに、きらきらした顔で。

「……ははっ」

乾いた笑いがもれた。

ばっからし、と呟く。

私、ほんとに、馬鹿だ。

はあ、と深く息を吐く。

吐いたぶん、深く深く息を吸い込む。

「青磁――！」

彼がこちらを振り向いた。

すぐに私に気づいて、軽く手を上げて応え、それでも作業の手は止めずに、再び手もとに目を落とす。

私は勢いよく階段を駆け下りた。

さっきまで胸をいっぱいに、張り裂けそうに膨らませていた不安は、すっかり消え去っていた。

「おはよ。なに作ってんの？」

しゃがみ込んで、重石の調整をしている背中に問いかける。

「んー？　簡易テント。けっこう雨降りそうだったから」

「へえ……」

青磁は、昔から毎日ずっと空を見つめてきたからなのか、天気を読むのがうまい。朝焼けや夕焼けの色を見て、これから雨が降りそうだとか、晴れそうだとか、だいたい分かるらしい。

なんでも、朝焼けや夕焼けの空の色は、空気中の水蒸気量で決まるらしく、雨が降る前など、空気中に水蒸気が多いときには、鮮やかな濃い赤に染まりやすいのだという。

だから、雨が降っているときや降る前の空は、真っ赤に染まることが多い。

「できたぞ、入れよ」

青磁が立ち上がり、こちらを見た。

その顔には、なんだかいたずらっ子みたいな笑みが浮かんでいる。

別れたいと言われたらどうしようと真剣に考え思い悩んでいた数分前までの自分が、なんだかかわいそうになってきた。

「おじゃましまーす」

私はシートをめくり上げ、中に入る。

青磁お手製の透明テントは、中に入ってみると、なんだか大きなビニール傘の下にいるみたいな気分になった。

ぱたぱたとテントに落ちてくる雨の音も、傘を打つ雨の音に似ている。

「よし、やるかあ」

青磁もテントの中に入ってきて、なぜか気合いを入れるようにそう言う。

「なにをやるって？」

「ん、これ」

青磁が手に持っていたのは、筆と絵の具のチューブだった。

「えっ、絵を描くの？　今から、ここで？」

唖然として訊ねると、彼は当たり前のように「そうだよ」と頷いた。

「へえ……」

そう相槌を打ちながら、私は青磁の周りを埋め尽くすものたちを見る。

「ていうか、このビニールのシートとか、絵の道具とか、これ全部、青磁が持ってきたの？」

「そりゃ、こんなんそこらへんには落ちてないから、持ってくるしかないだろ」

「なんでわざわざ……」

思わず呟くと、青磁はこちらを見てにやりと笑った。

「だって雨が降りそうだったから」

「ああ……え？」

「お前、雨好きじゃないだろ？」

「……へ？　どういう……」

青磁は私の問いかけには答えず、手を動かしはじめた。

青い絵の具と白い絵の具を、筆の上に直接絞り出し、そのままテントの内側に勢いよく塗りつけた。

白と青をざっくり混ぜるように筆を動かしながら、全面に薄く伸ばしていく。

ビニールの表面についた水滴が、青磁の筆の動きに合わせてふるふると揺れ、隣の水滴とぶつかって混じり合い、下のほうへと落ちていく。

淡青色に薄く色づいたビニールに、いくつもの細い川が流れる。雨の日の窓ガラスみたいだ。

そのとき、ふいに、高校時代のことを思い出した。

私が雨の日は憂鬱だと言ったら、青磁がビニール傘に青空と虹の絵を描いて、私に差しかけてくれたこと。

恋に落ちた瞬間。

あの日の美しい光景は、いまだに色鮮やかに私の目に、心に、灼《や》きついている。

そして、今、私の目の前には、あのときとはまた違う美しい光景が広がっていた。

生まれたての真っ赤な太陽が放つまっすぐな光が、テントの表面を濡らす朝露のような雨粒の滴を輝かせる。

目を開けていられないくらいに、眩しく輝いている。

そして、薄青に染められた透明なテントの向こうに、明るい赤色の朝焼け空が広がっている。

透明の上で、青と赤が混ざり合い、鮮やかな紫色になる。

それを見つめている間、私の頭の中には、青磁と過ごしてきた時間が、次々に甦ってきた。

高校二年生のとき、青磁と再会した。

私は、過去に彼と会ったことがあるのはすっかり忘れていた。

だから、ほとんど〝初対面〟なのにいきなり私のことを嫌いだと言ってきたり、ことあるごとにむかつくだとか言ってきたり、好き放題にふるまう青磁のことを、私は〝大嫌い〟だった。

本当に、大嫌いだった。

でも、文化祭のときに初めて彼の絵を見て、その美しさに心を奪われた。自分で自分の首を絞めて、呼吸困難に陥っているような精神状態だった私は、青磁と関わることで、少しずつ楽に息ができるようになっていった。

そして、いつしか、青磁のことが〝大好き〟になっていた。

色々あった。言い争ってしまったり、まったく話さなくなってしまった時期もあった。

でも、やっぱり私は青磁のことが好きで、離れたくなくて、離したくなくて、必死に追いすがって、なんとか彼の隣にいられるようになった。

ずっと外せなかったマスクを、外せるようになった。

自分の表情を、本音を、隠さずに見せないと、気持ちは伝わらないと思ったから。

高校三年生のときは、毎日一緒に受験勉強をした。お正月にはふたりで初詣に行き、合格祈願をした。

大学一年生のとき、ふたりとも新しい生活に慣れるのに必死で、なかなか会えない日々が続いた。

するとある日突然、ずっと旧式の携帯電話を使っていた青磁が、

『スマートフォンに替えたから、ラインのＩＤを教えろ』

と言ってきた。

『どうしたの、急に。もしかして、私と連絡とりやすいように？』

からかいまじりで訊ねたら、

『そうだよ、悪いか』

平然とそう答えられて、こっちのほうが恥ずかしくなってしまったっけ。

大学二年生のとき、バイト仲間のひとりが足を怪我して、しばらくシフトに入れなくなり、代わりに毎日のように出勤していたら、一週間ほど経ったころに突然、青磁がバイト先にやってきた。

仕事が終わって裏口から出たら、そこに座って待っていたのだ。

『そろそろ顔見とかないと、お前の顔、忘れそうだったから』

そううそぶいた青磁の耳が、真冬でもないのにずいぶんと赤かったのを、私は見逃さなかった。

大学三年生のとき、お父さんが『これからも長い付き合いになりそうなら、茜ちゃんの彼氏に一度会ってみたいなあ』と言い出した。青磁のことだから、そういうのは絶対に嫌がるだろう、断られるに決まっていると思ったのに、話してみたら『別にいいけど』と言ってくれた。

本当に大丈夫かなと不安に思いながらも家に連れていったら、お父さんとお母さんの前で、見たこともないくらいに殊勝で礼儀正しい態度をとって、言葉遣いも聞いたことがないくらい丁寧にちゃんとした敬語を話したので、びっくりしすぎて顎が外れそうだった。

高校生のころ、先生に対しても先輩に対しても、常に無愛想でぞんざいな口の利き方をしていた、あの青磁が。

「……ふふっ」

思わず小さく笑いをもらした。

なあんだ。青磁って、私のこと、大好きじゃん。

これまでもらったものを思い出せば、それはなにより明らかだった。

それなのに、なにをあんなに不安になっていたんだろう。

自分がおかしくて、笑いが止まらない。

なぜだか、涙も止まらない。いつの間に泣いていたんだろう。

青と赤の混ざり合った美しい朝焼けの光に包まれながら、私はテントの中に寝転んだ。

すぐに青磁も隣に倒れ込む。

どちらからともなく、自然と手をつないでいた。

頭上に広がる空を見つめながら、私は口を開いた。

「ねえ、青磁」

「ん」

青磁も空を見上げたまま応える。

私はひとつ深呼吸をして、のどに流れるしょっぱい味をこくりと飲み込む。

「――ずっと一緒にいてね」

目を見て言うのはさすがに恥ずかしくて、空を見つめたまま囁く。

すると、つないでいる青磁の手が、ぴくりと震えたのが分かった。

「……なんだよ」

低い呟きが聞こえて、予想外な反応だったのでどきりとして、私は隣に目を向ける。

青磁は怒ったような、むっとしたような顔をしていた。いや、むしろ、拗《す》ねているような顔にも見える。

「当たり前だろ。つーか、先に言うなよ」

「先に？　先にってどういうこと？」

「……別に」

青磁はやっぱりいじけたようなむすっとした表情を浮かべていた。

そっぽを向いた彼の真っ赤な耳を見て、私はとうとう噴き出して、お腹を抱えて笑った。

「……お前が」

青磁がそっぽを向いたまま言う。

「お前が欲しいもん、なんでも描いてやるから、ずっと……、一緒に……」

最後のほうは小さすぎて聞き取れなかった。

「え、なに？　なんて言った？」

私は笑いすぎて滲んだ涙を指先でぬぐいながら、「なになに？」と問い詰める。

すると青磁はがばっと起き上がり、新しい筆と、新しい絵の具を手に取った。

たっぷりの白と、ほんの少しの黒の絵の具を筆に絞り出し、ぐるりと円を描くようにビニールの内側に筆を這わせた。

銀色に光る輪に包まれたような形になる。

「え……これ……」

もしかして、指輪？

そう訊ねようとした唇は、その言葉をもらす前に、塞がれてしまった。

「……どっか行くときは、俺に言え」

青磁は伏し目がちに言った。

彼がなにを言おうとしているのか、すぐには分からなくて、その赤く染まった薄い耳たぶを、私はじっと見つめる。

しばらくして、やっと分かった。

もしかして、就活のことを言っているのだろうか。

どこか遠い場所に就職が決まって、ここから離れるんじゃないか、それなら先に言ってくれ、ということか。

まさか青磁がそんなことを考えているなんて想像もしていなかったから、驚きを隠せない。

そして、申し訳なくなった。私があまり話をしなかったせいで、不安にさせてしまったのかもしれない。

相手の気持ちが分からずに自分の中だけで色々と考えて、勝手に不安になるのは、私だけじゃないのかもしれない。

青磁は絵の勉強で忙しいから、私の就活の話なんていちいち聞かせていたら迷惑かなと思って、志望企業や希望勤務地の話などは避けていた。採用が決まってからちゃんと伝えればいいと思っていた。

言わなくても分かっているだろう、という気持ちもあった。

でも、そうじゃないんだな。

どんなに長く一緒にいても、どんなに深くつながっていても、言葉にしないと分からないことはある。

怖がらずに、面倒がらずに、思っていることは伝えなきゃいけないんだ。

「……どこにも行かないよ」

私は微笑んで応える。

「ずっと一緒にいたいから、青磁のそばから離れないつもりだよ」

青磁は一瞬黙り込んで、それからまたそっぽを向いた。

「……あっそ」

その反応がおかしくて、可愛くて、私はまた噴き出した。そしてからかうように言ってみせる。

「ちょっとー、そこは満面の笑みで、『ありがとう茜！　愛してる！』って言うところでしょ」

「言うか、馬鹿！」

「もう、そういうとこ――」

言い終わる前に、青磁が突然こちらを向いて、両手を伸ばしてきた。

「え……っ」

そして私を、痛いくらいに強く抱きしめて、私の耳もとに唇を寄せて、囁く。

「――、――」

私は激しい胸の高鳴りと頬の熱さを感じながら、

「……どういたしまして。私も」

と笑った。

私たちを包む、美しく優しい朝焼けの光。
いつだって、何年経ったって、どこにいたって、変わらないよ。
夜が明けたら、いちばんに君に会いにいく。

【完】

あとがき

このたびは、数ある書籍の中から、『夜が明けたら、いちばんに君に会いにいく～Another Stories～』を手に取ってくださり、誠にありがとうございます。

本作はタイトル通り、二〇一七年に刊行された本編『夜が明けたら～』の番外編集という位置づけになります。

本編『夜きみ』が今年の九月に映画化していただけることになり、これまで読んでくださった方々、応援して支えてくださった皆様への恩返しの一環として、主人公の茜と青磁を取り巻く周囲の人々から見たふたりの姿や、本編よりも少し大人になったふたりの後日談など、いくつかの番外編を執筆させていただきました。

映画を観てから本作を読んでくださる方、本作を読んでから映画を観に行かれる方もいらっしゃると思います。本作には、映画には出てこない人物が登場してしたり、映画とは少し違う展開もあったりしますが、映画とはまた違った物語としてお楽しみいただけましたら幸いです。

『夜きみ』についてはこれまでお手紙や、ツイッターアカウントへのリプライやダイレクトメッセージなど、色々な形で読者様からのお声をいただきました（ありがとうございます！）。それらを拝読していると、『夜きみ』を手に取ってくださったきっかけは、表紙のイラストに惹かれたことだったり、帯の文言に惹かれたことだったり、書店員さんが素敵に展開してくださっているのを見かけたことだったり、ご友人やご家族から紹介していただいたことだったりするそうです。つまり、本編小説の内容を知る前のところで出会ってくださった方が本当に多いのだな、と感じております。

作者にできるのは、原稿を書くことだけです。書き上げたその小説が書籍となって皆様のもとへ辿り着くまでには、たくさんの方々のお力添えがあります。

作者の書いた原稿を、読みやすく伝わりやすいものになるよう編集し、本文を引き立ててくださるようなイラストを添えデザインを施し、書籍の形にレイアウトし、印刷・製本やデータ加工をして、そうしてやっと『本』になります。そしてその『本』たちを、読者様の目や手の届く場所へと送りとどけていただいて、店頭に並べていただいて、手に取っていただいて読んでいただいて、また他の方へとご紹介いただく。

これら全て、ひとつたりとも、私にはできないことです。

そしてこのような、作者以外の方々の手によるカバーイラストや装丁デザイン、キャッチコピーや店頭での展開・ＰＯＰなどをきっかけに、拙著と出会ってくださる読者様がほとんどだと思うのです。あらためまして、拙作に携わってくださる方々のご尽力には頭が上がりません。いつも本当にありがとうございます。

『夜きみ』本編を書いていたころ、私はまだ小説サイトで活動しており、奇跡的に一作書籍化していただいただけのひよっこ新人作家で、二冊目が出せるかどうかも分からない状況でした。

仕事終わりの夜中や休日、ひとり黙々と執筆をして、数ページ書きためては小説サイトに少しずつ公開していました。当時の創作の支えは、更新するたびに読んでくださる読者の方々でした。お会いしたこともお声を聞いたこともありませんが、ＰＶ数の数字から、書いてくださったご感想やレビューの文字から、たしかに大きな支えと励みをいただいていました。あのころ反応をくださった方がいなければ、飽きっぽい私は創作活動を続けられなかったのではないかなと思います。

その後、『夜きみ』が野いちご大賞をいただき、書籍化され、ありがたいことに読者様や書店員様から多くのあたたかい応援をいただきました。今現在に至るまでに拙作を支えてくださった方々の数は、もはや私には想像することすら及ばず、ただただ感謝の気持ちをここでこうやって書き綴ることしかできません。

『夜きみ』という作品や、茜や青磁という登場人物を好きでいてくださり、応援してくださっている皆様、本当に本当にありがとうございます。

話は変わりますが、『夜きみ』が単行本として発売された六年前、マスクを外せない・外したくない人がいるということ、『マスク依存症』という言葉は、現在ほど知られていなかったと思います。私の体感ですが、ずっとマスクを付けたままで素顔をあまり見せない人というのは、クラスにひとりいるかいないか、というくらいだったのではないでしょうか。単行本のあとがきを読み返してみると、マスクをなかなか外せない人にとって、マスクとは『外界との直接的な接触による衝撃を和らげるもの』、『自分の本心を相手に見せないための、他人の言動で自分の心が傷つけられることを防ぐための、心のベールのようなもの』なのではないか、と書いていました。

そして、文庫版が発売されたのは二〇二〇年五月、ちょうど新型コロナウイルスが世界中で猛威をふるいはじめたころで、あとがきには『マスクというものの意味がずいぶん変わってしまった』、『今やマスクは命を守るために必須のもの』と書いていました。（ちなみに、『数ヶ月後に読み返したときには、すっかり流行が落ち着いていますように』と締めくくっていたのですが、まさか年単位の災禍となるとは思いもよりませんでした。）

そして今、二〇二三年、長かったコロナとの闘いが、やっと終息の気配を漂わせています。マスクの着用は個人に委ねられるようになり、三年ぶりに日常が戻りつつあります。とはいえ、私はまだ外出時には着用していますし、それが純粋に感染予防のためだけなのかというと、そうではなく、マスクの安心感をまだ手放す気になれないという気持ちがどこかにあります。

長いコロナ禍を経て、『マスクは自分を守るもの』という側面が色濃くなったような気がしています。もしかしたら、私だけではないかもしれません。きっと、他にも同じような感覚の方はおられるのではないでしょうか。

私の息子は、コロナ禍が始まってから初めての集団生活をスタートさせたので、今も『建物の中に入るときはマスクをするもの』だと思っていて、入店するときにマスクを着け忘れていると、慌てて『ましゅく、ましゅく!』と言い出します。

大人も子どもも、マスクへの感覚が元通りになるには、やはり長い時間を要することになるだろうなあと思います。

その中で、やはり茜のように、マスクを外すことへの抵抗感がずっと消えない方も出てくるかもしれません。少し前まではマスクを着けていることが普通だったのに、今度はマスクを着けていると怪訝な目で見られるような世界になってしまうかもしれません。

願わくば、そのような極端な世界になりませんように。

感染症の流行が終われば、そして仕事上の必要などがなければ、マスクなんて、誰が着けていても着けていなくても、どちらでもいいですよね。外したくなければ外さなくてもいい。そんな寛容な社会になってほしいです。

着けていたほうが呼吸しやすい人もいます。着けていたほうが明るい気持ちでいられるなら、外す必要なんてないと思うのです。

ただ、もしも、外せないことでつらい思いをしていたり、外せない自分が苦しいという悩みや葛藤を抱えている方がいるのでしたら、青磁の言葉や茜の成長が、つらさや苦しみを受け入れたり、乗り越えたりする些細なきっかけになれたらいいなと思います。

それぞれの人が、それぞれの心を大切にできる世の中になりますように。

二〇二三年七月　汐見夏衛

この物語はフィクションです。実在の人物、団体等とは一切関係がありません。

汐見夏衛先生へのファンレターのあて先
〒104-0031　東京都中央区京橋1-3-1　八重洲口大栄ビル7F
スターツ出版（株）書籍編集部 気付
汐見夏衛先生

夜が明けたら、いちばんに君に会いにいく
～Another Stories～

2023年７月28日　初版第１刷発行
2024年10月28日　　　第６刷発行

著　者　　汐見夏衛　©Natsue Shiomi 2023

発 行 人　菊地修一
デザイン　フォーマット　西村弘美
　　　　　カバー　粟村佳苗（ナルティス）
発 行 所　スターツ出版株式会社
　　　　　〒104-0031
　　　　　東京都中央区京橋1-3-1　八重洲口大栄ビル7F
　　　　　出版マーケティンググループ　TEL 03-6202-0386
　　　　　（ご注文等に関するお問い合わせ）
　　　　　URL　http://starts-pub.jp/
印 刷 所　大日本印刷株式会社

Printed in Japan

ISBN　978-4-8137-1462-0　C0193

ISBN：978-4-8137-1008-0